求阙集

樊硕博 ——

著

团结出版社

图书在版编目(CIP)数据

求阙集 / 樊硕博著. —北京：团结出版社，2020.5（2023.7重印）
ISBN 978-7-5126-7806-4

Ⅰ.①求… Ⅱ.①樊… Ⅲ.①美学–文集②历史人物–人物研究–中国–文集 Ⅳ.①B83-53②K820-53

中国版本图书馆 CIP 数据核字(2020)第 045166 号

出　　版	：	团结出版社
		（北京市东城区东皇城根南街 84 号　邮编：100006）
电　　话	：	(010) 65228880　65244790
网　　址	：	www.tjpress.com
E–mail	：	65244790@163.com
经　　销	：	全国新华书店
出版策划	：	成都力扬文化传播有限公司　028-86965206
印　　刷	：	成都兴怡包装装潢有限公司
开　　本	：	145mm×210mm　1/32
印　　张	：	7.5
字　　数	：	190 千字
版　　次	：	2020 年 5 月第 1 版
印　　次	：	2023 年 7 月第 2 次印刷
书　　号	：	ISBN 978-7-5126-7806-4
定　　价	：	39.00 元

序 言

刘迅甫

美学是研究美，以及人们对美的感受和创造的一般规律的人文学科。美、美感、美的创造构成了美学研究的三大领域。美学研究的对象是审美活动，审美活动是人的一种以意象世界为对象的人生体验活动，是人类的一种精神文化活动。樊硕博在此领域进行了初步探索，他将自己的书稿《求阙集》发给我，约我写序，书的内容主要分为"美学随想"和"史海随笔"两大部分。近年来樊硕博跟我学习研讨书画，勤奋创作又善于思考，他的新水墨设计画《大音希声》在"河南省第二十四届美术新人新作展览"中，获得优秀奖。樊硕博爱好广泛，他被古典诗词的韵律美所吸引，拜老师学习格律诗词，成绩显著，诗作散见于省市诗词专业报刊，七绝诗亦收录在《当代中华诗词集成·河南卷》上。

诗书画多种艺术形式融于一体，是中国艺术有别于西洋艺术的重要审美特征。诗书画的相融相长，源于中国的"和合"文化的特点，在于书画和诗歌艺术的实用性和表现性。樊硕博没有停留在诗、画的体验和创作上，在理论领域做了进一步的学习和探索，写出了有分量的文章，如《〈易传〉中的美学思想》。

正是《易传》中阴阳刚柔的思想，才使得壮美成为中国美学特有的范畴，壮美在给人豪迈、兴奋、奔放感觉的同时还渗透着内在的韵味，与"天人感应"的阴阳五行系统宇宙观相联系，不同于崇高带给人大起大落、跌宕起伏具有突变性的情感。他的《浅谈禅宗与美学》，从理论上论述了："禅宗与美学密切相通。禅宗哲学从本质上说是一种生命哲学，试图通过神秘的宗教理论给世人指点一条能够达到绝对生命自由境界的途径，使人们得到暂时的自由超越与解脱，而美学所关注的核心问题也正是人类如何摆脱各种羁绊束缚而走向自由，二者相互关联，有共通之处。"中国传统文化中儒道释三家不重分歧而重综合的哲学思想观念，影响中国艺术走向默契，使其意境深邃，和谐与自然得到完美的表现。

樊硕博认为，"文化的不同使中西绘画走上了两条完全不同的发展道路，西方的不少画家如马蒂斯等都曾从中国的绘画意境中得到启发，西方的先锋艺术、后现代艺术等也都吸收了东方艺术的精华。在经济艺术全球化的今天，东西绘画相互学习借鉴日益频繁，相信二者必然还会碰撞出新的火花。"在《诗歌美学》中写道："人们可以通过诗歌受到真善美的熏陶和感染，思想上受到启迪，认识上得到提高，在潜移默化的作用下使思想、情感、理想、追求发生深刻的变化，树立起正确的人生观和世界观。除此之外，诗歌还重言外之意、味外之旨，留有大量的'空白'赋予接受者进行审美再创造，与西方接受美学有许多共通之处。"

樊硕博正在学写探讨艺术理论的道路上脚踏实地地前行，学习是无止境的，相信他会在人生路上不断学习，不断前进，达到至高的境界，创作出更多更好的作品。

刘迅甫，系中国作家协会会员、中国书法家协会会员、中华诗词学会常务理事、北京东方中国诗书画院院长。

目录 CONTENTS

第二辑　史海随笔

美学随想

求阙集

墨家思想及其美学

    中国几千年来一直深受儒家思想的影响，自从董仲舒"罢黜百家，独尊儒术"之后，儒家思想就成了名副其实正统思想，孔子也被后人们称为"素王"。但中国的文化向来是相互融合的，在佛教还没传入中国，未形成"儒、释、道"三足鼎立的局面以前，"儒、墨、道"是当时思想的主流，可见当时墨家思想影响之大。即便后来"独尊儒术"，墨家思想也并没有因此消亡，而是与包括儒家思想在内的各种思想相互融合，对今天的人们仍然产生着深刻的影响。

被长期忽视的墨家思想

    中华民族几千年来固然受孔子、孟子为代表的儒家思想影响很大，但绝不能忽视了墨家的思想。儒、墨思想虽然有相同的地方，却也有不少彼此相对立的思想。例如，墨子认为孔子所推崇的礼制太繁琐，光守孝就要三年时间，劳动人民不能生产，官员不能外出继续做官，既伤身体还什么事都做不了，完全没有必要，因而提出要"节葬"。此外，墨子还能与上下层人物广泛接触，不计个人利害得失，提出"非命"，认为"官无常贵，民无终贱"，人与人之间可以"兼相爱，相交利"，这与孔子以"孝、仁"为本，走上层路线治国方式相矛盾。儒家更多的是在讲"仁"，而"义"字是墨家的主要思想。儒墨之争长期以来都非常激烈，直到明代，大儒王阳明仍批判墨家的兼爱思想，他认为父子、兄弟间的感情不可能和同学、朋友间的感情一样，足见儒墨两家的观点对立之深。因而，从汉朝罢黜百家，独尊儒术起，儒家都是历代帝王治国的主要参谋，从来没有哪个朝代用墨家的思想来治国，墨家思想被长期忽视就不足为奇了。

墨家不受重视还有一个原因就是《墨子》难读是古人的普遍观念，因为书里面包含了力学、光学等现代物理知识，这些学问直到清朝康乾时期才由外国传教士带到中国进行了传播，人们才逐渐对《墨子》有了重新的认识。由于长期以来对《墨子》的认知有限以及不断变化的时代发展需要等因素，墨家思想的地位逐渐被外来的佛教所取代，与儒家思想、佛学、道家等传统思想一道共同形成了中国文化的根基，墨子提出的"非攻、兼爱、尚贤、尚同、节用、节葬、非命"等思想至今仍有其积极的作用和影响。

"非攻、兼爱、尚贤"这是人们熟知墨子的主要思想。"非攻与兼爱"其实是相通的，就是提倡和平、博爱的精神。墨子一生都在实行他的主义，国家间的纷争也经常由他出来调停。历史记载，宋楚两国相争，墨子一人去调解，楚国找了最好的武器制造专家公输班和他谈判，结果公输班所有的武器墨子都有办法破解，最后公输班对墨子说："我把你杀了问题就解决了。"墨子却说："我的学问在我的弟子中很多都会了，杀了我一个，还有千千万万个墨子出来。"这场战争就这样没有打起来。由此可见当时墨家思想影响之广，并且形成了中国最早的"朋党"组织，门人弟子被称为"巨子"，有着严格的制度家规，和近代的青、红帮有些类似，制度中的成员都能赴汤蹈火，视死如归。墨子可以说是中国最早的帮派教父。

秦国曾有一个墨家弟子，有着很高的地位，但他唯一的儿子犯了法被判死罪，秦王得知这是某某人的儿子就下令特赦，这个墨家弟子却对秦王说："国法可以特赦，墨家的家法不能赦。"回去还是把儿子杀了，这对后来中国的帮会思想影响很大。当时各个国家都有墨家弟子掌握实权，这也是墨子能够受到各个诸侯国的礼遇，不断进行国家间调停，践行"非攻、兼爱"思想的基础。

我们经常提倡"以和为贵"，实质上更多体现的也是墨子"非攻"的思想。纵观中国历史，中国领土的对外扩张向来是由少数民族政权进行的，受传统思想影响的汉族政权基本没有主动对外发动过战争。进行战争最主要的目的也是"以打促和"，很多人把这归于受儒家"中庸"思想的影响，其实"中庸"和道家的"无为"一样并非是消极的思想。孔子的孙子子思在著《中庸》一书的时候引用了孔子"中庸之为德也，其至矣乎！民鲜久矣！"这句话，中庸更多的是中和的意思。比如我们做事情能够保留对的一面，舍弃错的一面，或者减少错误的影响，使它能够中和，不是人们通常认为的马马虎虎不作为的意思。墨家始终代表庶民的生活要求，反对不义的战争，是其"非攻"思想的基础和源泉。

墨子不但"尚贤"而且"尚鬼""尚天",用马克思主义哲学的观点来看这是绝对的唯心主义,因为中国人说的鬼究竟是个什么东西很难有个界定,谁也没见过。在《论语》中记载"子不语怪、力、乱、神",就是说这几样孔子是避而不谈的,既不说有,也不说没有,真正做到"敬鬼神而远之"。但墨子"尚鬼、明鬼"的思想倒是给绘画带来很多好的题材,现在流传下来的很多壁画、帛画上都有鬼的题材,特别是对宗教绘画带来很深的影响。此外,墨家主张的尚鬼、尊天的灵魂观念与西方哲学有很多相似之处,都趋向于个人主义,对东西文化比较研究中具有不可替代的作用。

"墨子兼爱,摩顶放踵利天下,为之",用今天角度去重新解读,会发现墨子思想其实就是我们现在所提倡的科学、民主、平等、博爱的先驱,对现今的生活具有非常重要的指导意义。

墨家美学

墨子的美学思想主要集中表现在他所提出的"非乐"思想。他把音乐当成一种单纯的娱乐活动,认为统治者喜好音乐会浪费社会财富,导致大批人们从事音乐表演相关活动,阻碍了生产劳动,加重了人民负担。

墨子的"乐"并不是单指音乐,而是用音乐来泛指所有艺术。"非乐"思想总体上是反对统治者"厚作敛于百姓,暴夺民衣食之财",目的是为了维护劳动人民利益,出发点是好的,但他否定了审美和艺术活动对社会生产和生活所产生的积极作用,后来荀子对此观点进行了批判,说"墨子蔽于用而不知文",认为墨子被实用的观点所蒙蔽，不懂得礼乐文章的共同的社会作用，没有意识到"群而无分"是国家"穷""乱"的真正根源，进而提出"群而有分"的观点。

荀子认为人类想要生存发展就必须合群，需要有一个统一、和谐的社会组织，而礼乐文章恰好能给人的欲求以一个"度量分界"，形成一个统一的、和谐的社会组织。并且"礼"的作用可以把不同等级的区分开来，"乐"可以使不同等级或同一等级的人之间保持一种和谐关系，还可以对人的情感和欲望加以节制和规范，从而实现"乐合同"的社会作用。由此可见，"礼"与"乐"在基本目的上是一致或相通的，都是在维护、巩固群体既定秩序的和谐稳定。

墨子的"非乐"思想虽然存在很大的局限性，却也并非没有可取之处，其中审美和艺术活动需要以一定的物质生活条件为基础的思想是具有合理性的。只不过墨子过于重"质"而完全抛弃"文"，在"质"和"文"的关系上与孔子"质胜文则野，文胜质则史，文质彬彬，然后君子。"的观点相比显得过于极端，类似于柏拉图要将所有的诗人逐出理想国，把艺术贬的很低。

墨子是个真正的实用主义者。"非乐"思想的提出，本质上是以人民的利益为出发点，反对统治者玩物丧志，加重人民负担，与其"兼爱"思想是一致的。

隐士文化中的儒道互补美学

"天下有道则见，无道则隐"，这是中国历代隐士们所遵循的法则，越是处于乱世隐士越多。

隐士多是具有高学问、高道德的人，知道所处的时代自己无法挽回，不愿同流合污，于是就隐居起来，形成了"辟世、辟地、辟色、辟言"的隐士思想。但这并不代表隐士都是完全出世的，只是他们很少站在前台，却用其他各种方式影响着时代。

历史上著名的"商山四皓"，就是从秦始皇时期就当隐士不出来的四个老头子，学问道德都很好，名气也很大，就是不出来。到了汉高祖时，几次请他们出山都未果。后来刘邦在继承人的选择上想把与吕后所生的太子废掉，改立与戚夫人所生的儿子为太子。于是张良献计吕后，如果太子能把商山四皓请来，汉高祖就不敢废太子。结果商山四皓真的被请来，汉高祖见连自己都请不到的商山四皓都被太子请出山了，说明太子已经立事了，就打消了改换太子的念头，足见隐士在政治上的重要作用。

唐代还有位王通，谥号文中子，年轻的时候儒、释、道三家的学问都已很了得，却总不受到重用，在隋炀帝的时候就隐退下来教书育人。唐太宗的开国名臣房玄龄、杜如晦、李靖等一大批文臣武将都是他的学生，他自己却在历史的长河中被遗忘了，据说是因为他的儿子得罪了唐太宗的小舅子，后来修唐史就没把他录进去。庆幸的是他还有位著名的孙子，就是写《滕王阁序》的王勃，并且他的学生多数成了初唐时期政坛上的重要人物，从这点上可以说比孔子的三千弟子在功业上的成就还大，对他也算是个安慰吧。

历史上的隐士以道家人物居多，他们对国家大事并不是不关心，相反是非常关心，希望天下太平的，只是自己不愿站在前台，宁可辅助一个人帮他成功，然后又消失不见，自己什么都不要。例如，张良的老师黄石公，真实姓名不得而知，只得以一块石头代指其姓名，传给张良的多为黄老之学，虽不能断定黄石公一定是道家人物，但从他处事的方式却能看到道家的影子，到最后连名字都没留下可称得上是真正的隐士。

被道家推为神仙祖师的陈抟老祖，生于唐末到五代之间，一生高卧华山，看似对世事一点也不关心，等到宋太祖赵匡胤发动陈桥兵变，黄袍加身，当上了皇帝，他正好骑驴下山，听到这个消息竟然高兴的从驴上摔下来，并说"天下从此太平了"。可见他还是时刻关心世事的，只是当时身处乱世，各个地方割据势力相互混战，看不到希望，只能高卧华山等待机会，同时也是在等待合适的人出现。由此看来，陈抟老祖躲入深山修道并不完全是消极避世，而是在等待时机。

还有些人处于半隐半显之间。汉光武帝刘秀少年时有位同学叫严光，字子陵，精通黄老之学很有才华。刘秀后来当了皇帝，严子陵就隐居起来了。刘秀想起这位老同学打算让他出来做官，于是派人全国寻找严子陵，最后在浙江桐庐的富春江上，发现有一个人反穿了皮袄在钓鱼，大家都觉得是个怪人，于是报告给了光武帝，刘秀一下就认定是严子陵，把他接到京城。可他还是不愿做官，两人还像当初同学那样聊聊天，晚上睡在一起，严子陵仍然把腿压在刘秀的肚子上，毫不顾忌自己的好哥们已是皇帝。后世有人把严子陵当成隐士，同时也有不少反对声，认为他如果真想隐居就不会故意把皮袄反穿惹人注意了，不是真的想当隐士，这同儒家文化的影响分不开。

与道家人物相比儒家的隐士很少，因为儒家思想总体上是反对隐士的，认为学问好，道德高、能力强的人就应该出来做事，为国家做贡献，不应该藏起来。孔子明知道自己推行仁政不受各国的待见，还坚持去做，就是认为做了总比不做好，能尽一点自己的力量是一点，不赞成当隐士。

实际上，以道家人物居多的隐士们时常会受到儒家思想的影响，每逢动乱的时代就总会出现并发挥大的作用，等到天下太平了这些人才好像又都销声匿迹了。唐代有位被称为白衣山人的李泌就是位善于运用黄老之学，既能当隐士又能当宰相了不起的人物。

李泌是中唐时期的重要人物，历经四朝，辅佐过玄宗、肃宗、代宗和德宗四位皇帝，共当了十年宰相，此人亦佛亦道，由善于用黄老之学处理复杂的事务，在历代多为儒家出身的宰相里显得非常特别。

李泌在七岁时就能粗通儒、释、道三家学问，并能给当时的宰相张九龄直接献策，张九龄亲切地称他为小友。到了成年时期游遍嵩山、华山、终南山等名山寻仙问道，钻研道家的方术修炼，很少吃烟火食物。有一天晚上他在寺里听到一个和尚念经的声音，悲凉委婉，断定是位高人，打听之下才知道是个做苦工的老僧，平日里收拾大家的残羹充饥，吃饱了就伸伸懒腰睡觉了，也不知道名字，都叫他懒残。李泌于是在一个深夜偷偷地去找他，看见他正在一堆捡来的干牛粪中烤一个芋头，脸上挂着被冻的清鼻涕，看见李泌来了照样吃芋头，突然转过身来把半个芋头给李泌，李泌也不嫌脏，就把半个芋头吃了下去，懒残和尚看他吃完便说：好！好！你不必多说了，看你很诚心的，许你将来做十年的太平宰相吧！说完就走了。

后来安史之乱唐明皇出逃，太子李亨即位，便是唐肃宗，找到李泌要封他做官帮忙平叛，李泌辞官不做但愿意帮忙，根据"挫其锐，解其纷"的战略，制定出一整套作战计划，唐肃宗统统照办，最后果然都不出其所料，郭子仪的成功同样也离不开李泌的幕后策划。待到两京收复后见到唐肃宗重用奸臣李辅国，就请求隐退，去衡山修道去了。在衡山修道没多久，唐明皇、唐肃宗都相继不在了，唐代宗即位，立即招李泌回来，却遭宰相元载嫉妒被长期外放做地方官。唐德宗时又被招回来，正式出任宰相，对内勤修政务，对外结回纥、吐蕃以安定边疆，非常称职，最为难得是李泌在唐玄宗、肃宗、代宗、德宗四代父子之间遇到矛盾都能及时挺身而出，不顾个人安危仗义执言，努力调和父子间的关系，并且全身而退，真的是古今历史上空前绝后的一人。

总而言之，道家的隐士思想是顺势而为，时代属于我的能有所作为就去做，一看时代不行救不起来就隐居不救了，因而真正的隐士什么都没留下，不会有任何的记载，能留下点线索的多半还是有所作为的。儒家推崇知识分子必须对国家社会有所贡献，即使时代不行也要尽自己的一点力量，能救一点是一点，这也代表了大多数读书人的思想。

大儒朱熹曾说"隐者多是带性负气之人为之"。"学而优则仕"的儒家思想在士大夫阶层有着深远的影响。士大夫阶层中的道家人物首先就是孔子的门徒，能做到始终归隐不变的是极少数，因为隐士多是现实生活中残酷政治斗争卷入者和牺牲品，超利害、旷达避世的道家思想不过是他们的精神安慰及避难所，"济世安邦"、"心忧天下"的人生理想依然是内心的主体，从某种意义上也可以说他们认为现实世界已经败坏到无可救药的失败主义者，道家思想只能处于从属地位。

正是由于儒、道的互为渗透、补充，使隐士思想变得更加深远、开阔。隐士既可"小隐于山林"，亦可"大隐于市朝"，以不执着于任何世俗的态度去对待世俗，形成中国特有的隐士文化美学。

隐士文化美学使中国古代知识分子在遭受巨大挫折后，能替代宗教抚慰心灵的创伤和生活的苦难，遂以山水自娱来保全性命、坚持节操，洁身自好，使人生的审美境界达到新的高度。

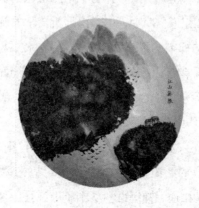

浅谈禅宗与美学

　　禅宗美学是在佛教禅宗影响下而产生和发展起来的。所谓的禅宗可以说是释迦牟尼佛教的心法与中国传统文化精神的结合，融合古印度佛教哲学最精粹的宗派，"儒家、佛学、道家"共同成为了中国传统文化的主要根基，彼此间相互融合，密不可分。

　　自汉明帝时，从印度来的两位高僧摄摩腾与竺法兰将佛教传入中国，到南朝梁武帝时，达摩祖师望东土有大乘气象，随渡海东来，传禅宗法门，便是中国初有禅宗的开始。后来传心法和衣钵给中国的第二代祖师慧可，开启了中国佛教的禅宗时代。禅宗自二祖慧可到四祖道信时期，达摩祖师所传承的佛法心宗一脉逐渐演变成为中国禅宗的风格，当五祖弘忍将衣钵传至六祖慧能时，衣钵就不再单传了，开创了禅宗发展的新局面，一般认为慧能是禅宗的实际创始人。后来，慧能的弟子神会提出"南顿北渐"，将禅宗分为南北宗。

　　在佛教里，宗和教不同，教是指其他各派，而禅宗却叫"宗"，是个独立的系统，唯中国所特有，故又称"教外别传"。禅宗与美学密切相通。禅宗哲学从本质上说是一种生命哲学，试图通过神秘的宗教理论给世人指点一条能够达到绝对生命自由境界的途径，使人们得到暂时的自由超越与解脱。美学所关注的核心问题也正是人类如何摆脱各种羁绊束缚而走向自由，二者相互关联，有共通之处。

禅宗并非完全的出世，所谓的出世观即是净化人生的愿望，解决各种矛盾，积累功德，寻找转化的途径，大乘佛教认为能转化世间即为出世。释迦牟尼是在二十岁的时候出宫游览，见到了生老病死，决定牺牲自我，思辨禅定，去寻求人生的真正意义。后来他终于悟道，认为一切苦恼源于自私、贪欲，如能断绝邪念、私欲，便可在另一个世界得到无量的幸福。实际上，人要抛弃掉自己的私欲几乎是不可能的，想要做到完全的出世更是极其困难。儒家对佛家的出世观长期持批评态度，明代"心学"大儒王阳明就认为出世本身就是一种自私的行为，要出世就必须抛弃父母、妻子、儿女等所有亲人朋友，去完成自己的修行，是最大的私欲。中国的文化决定了印度原汁原味的佛教思想在中国很难传下去，玄奘法师曾试图还原佛教的原本面貌，历尽艰辛从印度取回真经，也因水土不服，只传了两代就断了。

无论是天台宗、华严宗、净土宗、禅宗都是中国化了的佛学，融入了儒家和道家的思想。中国化的佛教信佛主要是心中有，心诚则灵，"放下屠刀，立地成佛"便是入世意识，入世同样也可出世。《坛经·疑问品》中曾说："菩提只向心觅，何劳向外求玄？所说依此修行，西方只在眼前。"又如古诗云："佛在灵山莫远求，灵山只在汝心头。人人自有灵山塔，好向灵山塔下修。"正是由于佛教与中国的实际情况相结合，才使得佛教在中国得以延续和发展，并与美学相联系。

印度佛教后来逐渐被婆罗门教等旧教所取代，自宋朝以后就逐渐消亡了。印度佛教戒律中实行乞食制度，出家人外出乞食也是施主给什么就吃什么，不能挑选要求，只要是素食就行，不愿意为了吃而花去过多的时间与精力，多数时间用来静坐思考。然而中国素来以农立国，讲究"一日不作，一日不食。"中国传统的农民太阳出来就开始下地锄草、施肥，然后砍柴、挑水、烧火做饭，一天到晚为了吃饭而忙碌，以劳动为乐，乞食制度在中国是行不通的，出家人也容易被当成"寄生虫"，难以长久维持。于是六组慧能的弟子百丈禅师改变了佛教自印度来的制度，废弃了乞食制度，建立寺庙与寺庙田产，自给自足，创立了影响至今的类似集团生活的"丛林制度"。

禅宗"丛林制度"的建立将中国传统文化精神进行了融合，包括了儒家的礼乐制度，道家的乐于自然的思想，并替孝子贤孙为过世亲人超度法会等来宣扬孝道，将中国的思想文化很好地进行了整合保留了下来。通过这种制度使儒家所提倡的"仁义礼""真善美"等规范得到了小规模的实现，体现了美的规律中"真"与"善"的相统一。

禅宗早期主张不设一字，教外别传，认为佛性是不可言说的，它无所不在，却又无法确定、无法表述、无法传达，只有靠人自性的体悟。慧能甚至根本不识字，就连释迦牟尼本人也没有留下著作，当时也没有经，他的遗训都是在信徒中口传。世界上最伟大的人物多是"述而不作"，因为"书不尽言，言不尽意"，书和经都不能完整的表达全部思想，不如不写。柏拉图、孔子、耶稣同样如此，他们的思想都是后人整理的，正是由于他们的"述而不作"，才促使了学说的不断发展进步，是真正的伟大。唐代司空图所说的"不著一字，尽得风流"同样是基于此。

审美所追求的极致境界正是禅宗的非概念和语言所能穷尽的整体意象。魏晋南北朝时王弼"得意忘象"，陆机"恒患意不称物，文不逮意"，刘勰"文外曲致""情在词外"，钟嵘"文已尽而意有余"，言意问题已成为魏晋南北朝文学理论所讨论的核心问题。"言意之辩"还影响了意境理论的发展，宋代严羽在《沧浪诗话·诗辩》中所说，"盛唐诸人惟在兴趣，羚羊挂角，无迹可求。故其妙处透彻玲珑，不可凑泊，如空中之音，相中之色，水中之月，镜中之象，言有尽而意无穷。"严羽认为盛唐的诗人注重诗的意趣，像羚羊挂角般无迹可寻。他还认为诗是吟咏内心情志的，不运用逻辑推理，不把话说尽而有言外之意才是上等的。

南禅宗在实践上主张顿悟成佛，反对念经打坐和累世修行，认为禅悟不是靠坐出来的，行住卧都是禅，强调主体的内省参悟。"顿悟"思想深刻影响了中国美学，"感悟""妙悟"都与"顿悟"密切相关，且"顿悟"时常发生在审美升华阶段，与文学关系密切。虽然早期的禅宗主张不立文字，但是到了宋代却开始重视文字，佛教的境界经常通过诗歌来表现，开始诗禅合一。清代王士禛在《香祖笔记》中说，"舍筏登岸，禅家以为悟境，诗家以为化境，诗禅一致，等无差别"。更进一步提出了"诗禅一致"的观点。

南禅宗所讲的"悟"都是顿然之悟，是从偶然的"机缘"中获得的，具有一次性、不可重复性、个体性的随机特点。而北禅宗的"渐悟"主张靠进修层次引导觉悟，需要有深厚的学识与刻苦的修炼才能真正地悟道。如二祖慧可，在未出家以前就对"儒、墨、道"等各家学说有着很深刻的研究，后经过严格的心性修养锻炼，贯通大小乘佛学的教理，甚至不惜断下自己的左臂求道，终得开悟。

中国美学中审美感悟的过程与禅宗的"悟"一样，必须排除杂念，虚境专注，全神贯注地体察、品味、神会对象。要想使主体精神与客体物象融为一体，也需要审美主体具备丰富的审美经验，广博的知识积累和敏锐的审美感知力。《文心雕龙》的作者刘勰与僧人关系密切，受佛学的影响，他的"神与物游"同样是在物的基础上超越对象，从而领悟对象的意蕴，审美感受得到理性的升华，上升到空灵的境界。

禅宗美学冲破了长期占统治地位儒家美学规范，把艺术审美从"言志"的政教诗学和"文以明道""文以载道"倡导恢复孔孟儒家正统地位，学习古道的古文运动中解放出来，使得诗成为真正的诗，文学成为真正的文学，使主体情感在文学艺术作品中发挥更大的作用，文学艺术真正的走向独立性、自觉性，回归到自身的发展规律中。

例如，被称为"诗佛"的王维，是文人中与佛教关系最密切的代表人物，自号摩诘居士，同当时的南北宗禅师均有交往。苏轼在《书摩诘蓝田烟雨图》中评价王维的作品："味摩诘之诗，诗中有画；观摩诘之画，画中有诗。"正是因王维懂佛，同时还兼具诗画两方面的出色才华，明代画家董其昌效仿禅宗将山水画分为南北宗时，王维被定为南宗之祖，并说"文人之画，自王右丞始"。董其昌极力推崇南宗为画家正统，他的这一理论观念对明清乃至当代的中国画创作都产生了重大影响。

禅宗极大地丰富了文学艺术的创作题材，文学艺术也对禅宗产生了重要影响。禅宗由不立文字到走向文学化，两者内部紧密相连，从而使人们更好地在审美直觉和审美体验的基础上达到一种精神的自由境界。

《易传》中的美学思想

  《易经》自古以来就被誉为是经典中的经典，哲学中的哲学，智慧中的智慧。长期以来一直被人们列为五经之首、三玄之冠。《易传》则是对《易经》的解释和发挥，更是一部哲学著作，建立起了一个以阴阳学说为核心的辩证法思想体系，在美学史上也具有极其重要的地位。

  《易传》与《易经》产生的年代相距久远，《易传》共十篇，又称"十翼"，其中对美学影响最大的是《系辞传》，重点突出了"象"这个范畴。《系辞传》中的"象"与《易经》中的"象"不同，更加接近于审美形象，更带有美学的意味。《系辞传》还提出了"立象以尽意"和"观物取象"两个重要命题，构成了中国古代美学思想发展的重要环节。

  《系辞传》中说："子曰：书不尽言，言不尽意。然则，圣人之意，其不可见乎？子曰：圣人立象以尽意。"这里所说的"言"是指使用概念、判断、推理的语言，即逻辑思维语言。这段话的说明了语言在表达思想感情方面有局限性，文字不能完全代表语言，语言也不能完全表达思想意义，但却认为立"象"可以尽意，就是说借助于形象可以充分地表达圣人的意念，概念不能表现或表现不清楚、不充分的，形象可以表现的清楚、充分。

"立象以尽意"的命题把"象"和"言"区分开来，把"象"和"意"联系起来，指出"象"对于表达"意"有着"言"所不能及的特殊功能，这对后来的魏晋玄学产生深远的影响。魏晋玄学的兴起首先就是从"言意之辩"开始的，言意问题已经成为魏晋南北朝文学理论所讨论的核心问题。

"言意之辩"还影响了意境理论的发展。魏晋南北朝的刘勰更是在此基础上提出了"意象"这个美学范畴，明确了外物形象和诗人情意之间的关系。唐代司空图在《二十四诗品中》认为诗歌的醇美之味在"咸酸之外"，追求象外之象、景外之景、味外之旨、韵外之致。宋代严羽在《沧浪诗话》中提出"言已尽而意无穷"等，在中国美学史上具有重要意义。

"观物取象"是中国古代对艺术起源的一种解释，这里所说的"象"即卦象，认为卦象是"圣人"根据对自然现象和生活现象的观察，模拟天地万物之象而创造出来的，"圣人"用这些卦象来表现神明的意志，万物的情状。由于《易》象与审美形象有相通之处，因此"观物取象"也被看作艺术创造的法则。在此基础上，理论家们从中发现艺术起源对现实模仿的依据，艺术家们由此认识到师法自然，了解自然的重要性。如五代画家荆浩所说："画者画也，度物象而取其真。"清代画家石涛云游半个中国，饱览名山大川，说"黄山是我师，我是黄山友"。力行于"搜尽奇峰打草稿"，深入研究山川丘壑精微所在。

"观物取象"证明了中国美学强调的不只是"表现""写意"，"再现"同样是中国美学的重要传统思想，只不过在不同的艺术门类、不同的时代、不同的艺术家及作品中，"表现"与"再现"的侧重有所不同而已。

"意象"理论的发展和影响，使中国艺术在心理上重视想象的真实大于感觉的真实，强调"计白当黑""惜墨如金""点到为止""以少胜多"之美学观点。讲究"妙在似与不似之间"，其中仍然有真实的"再现"，不是完全的自由"表现"与抽象，就连主观情感也融于客观景物中，呈现出"寓情于景""情景交融""诗中有画、画中有诗"，直至"无我之境"的状态，这些与西方现代派艺术有着本质的不同。由此可见，那些认为中国美学只重视"表现""写意"的观点并不准确。

此外，《易传》阴阳哲学体系中"阴阳刚柔"的思想同样对中国古典美学有着非常大的影响。

所谓阳刚美就是壮美，阴柔美就是优美，壮美和优美互相渗透影响，不是完全对立的。壮美虽然与西方审美范畴中的崇高最为接近，但二者不能等同。壮美在外在形式上表现为雄伟、刚健、阳刚等，在精神内涵上仍旧表现出内容与形式的和谐统一，是在优美基础上的延伸，没有形成质的区别。而崇高在外在形式上打破和谐，表现出与和谐美有所差异的雄伟、刚健等，甚至出现与之对立的恐怖、粗犷、阴森等。总而言之，崇高是人与社会、人与自然在矛盾冲突中克服矛盾所呈现出来的自由，美处于主客体的矛盾激化中，与悲剧联系紧密。

正是《易传》中阴阳刚柔的思想，才使壮美成为中国美学特有的范畴。壮美在给人豪迈、兴奋、奔放感觉的同时，还渗透着内在的韵味，与"天人感应"的阴阳五行系统宇宙观相联系。它不同于崇高带给人大起大落、跌宕起伏具有突变性的情感。壮美中内容与形式和谐统一的特点，令人保持愉快的心情，符合中国人的审美倾向。

除了壮美和优美之外，"修辞立其诚"也是《易传》中引起中国古典美学讨论最为广泛的思想。其意是文辞必然要表现作者的思想感情和道德品质，要写出好的文辞，必须要有好的思想感情和道德品质，实质上是强调文品和人品的统一。

艺术作品审美价值的高低与艺术家本人的思想境界、审美理想、道德品质、阅历修养等基本相一致。思想境界和道德水准低劣的人很难创作出优秀的作品。例如，李白深受道家庄子美学推崇天然之美的思想影响，他不但大力倡导"自然""清真"的风格，赞赏"清水出芙蓉，天然去雕饰"的天然之美，并且自觉地把这种美学境界作为毕生的追求。杜甫深受孔子儒家美学影响，将"致君尧舜上，再使风俗淳"的抱负融入诗中。王维崇尚佛家，在他的山水田园诗中，往往写出蕴含禅理趣味的优美意境。艺术家先进的世界观和审美理想，决定着正确的创造目的与动机，影响作品的格调与品味，即"诗品出于人品"。

然而，正如《系辞传》说："一阴一阳之谓道。"有阴必有阳，任何事物都会有它的反面，尤其是在主张言行一致的道学家看来，文人的人品与作品常出现分离的状况。金末元初的元好问在《论诗三十首》第六首中说："心画心声总失真，文章宁复见为人。高情千古闲居赋，争信安仁拜路尘！"这是首评论西晋文学家潘岳的诗，潘岳在《闲居赋》中把自己描绘成恬淡高洁的君子雅士，其实却是一个趋炎附势、追逐名利的人。可见有时诗品并不能完全代表人品，有言者也未必有德。但从总体上看，艺术家的作品总是要多少反映出艺术家的人品高低，因为艺术创作与情感有密切的关系，情感能最直接地反映出艺术家的人生观、立场及境遇。岳飞的《满江红》是何等的气魄，品格低劣的人是无论如何也创作不出来的，"修辞立其诚"是有一定道理的。

　　《易传》美学同中国"礼乐传统"的历史根基相契合，还能与儒、释、道等各家学说产生关联，相互碰撞，与西方的"酒神精神"有着本质的区别。相信随着时代的发展，《易传》的美学价值会被进一步地发掘。

儒释道对中国绘画美学的影响

中国的绘画同中国传统文化密不可分。中国传统绘画不同于西方绘画，在绘画和造型艺术上不注重块面和质感，缺乏焦点透视观念，强调线条的律动，讲究"寓神于形"，"神在形似之外"。

中国画的意境是一种笔墨内蕴，是画家的精神超脱，因而西方绘画刚传入中国时，并不被大众所接受。传统的中国绘画正如齐白石所说："中国画妙在似与不似之间。"

先秦时期至汉代绘画

中国的绘画是随着中国文化的不断发展进步而逐渐成熟起来的。早在商周时期的重要建筑物中已经有了壁画装饰，周代的明堂上用图画表现历史上的帝王形象，借以吸取兴衰成败的教训，以至孔子看后发出"此周所以盛也"的感叹。周代的旗帜和器物上也都绘制一些图像，如日、月、蛟、龙、熊、虎、隼、龟、蛇等来代表不同人们的身份，这些图案多以抽象的线条表现，同时也起到了装饰的作用。总体来说，周代绘画主要是为了宣传礼教，绘画的具体物象都暗示着级别差异，同后来的寄情作品有很大的区别。

到了战国时期出现了独立的绘画作品，《人物龙凤帛画》和《人物御龙帛画》是这一时期的代表作品。其中《人物龙凤帛画》还保留了很强的装饰风格，画法显得比较古朴，而《人物御龙帛画》已经开始注意线条的表现力，通过线条粗细、刚柔间的不断变化来展现人物的精神气质，并且还用平涂法略作渲染，中国绘画开始进入了一个新的阶段。

秦汉时期的美术创作多是在政府的直接控制下进行，统治者明确要求艺术为巩固政权服务，强调艺术的宣传教育作用。从事美术创作的主要是隶属皇家官府的工匠，秦朝建都咸阳时大兴土木，里面常常用朱红、石青、石绿、赭石等彩色颜料绘制装饰壁画，力求华美。汉代的壁画多为表现功臣或古代先贤，起到政治宣教的目的。汉代壁画题材亦出现在同时期的帛画上，包括经史、文学、天文、地理、医药、迷信等，可惜早已失传，只在唐代张彦远的《历代名画记》中有所记载，但足以证明汉代绘画的题材已经十分丰富了。

东汉末年，政权迭变，各地豪杰蜂拥而起，分裂割据，致使战乱不断，人民饱受乱世之苦，无一宁日，儒家礼教思想威信扫地，无人信奉。许多人产生了悲观厌世思想，于是一时间玄学盛行，认老庄为宗，佛教的传入更使佛道相互融合，以"玄"意来理解佛旨。同时期屈原的自由理想主义思想也受到人们推崇，因为屈原的死不是被动的，他对政治、现实看的都很清楚，宁愿选择投江也不愿随波逐流，是一种自我完成，《离骚》可称得上是中国最早的"伤痕文学"。这些思想文化上的变革极大地影响了绘画风格、题材的转变。

两大艺术高峰——魏晋南北朝和唐代绘画

魏晋南北朝时期是中国历史上艺术的第一个高峰，这与当时的文化背景密切相关。中原文化是以儒、释、道三家为主体，同时又包容了东夷、西戎、南蛮、北狄、吴楚、百越等各少数民族的精华，为不同的文化为艺术的多样性提供了可能，对艺术创作产生了深远的影响。

首先是魏晋南北朝时期文人士大夫进入画坛，绘画不再是画匠的专利，开启了文人画时代，注重"意境"表达。"意境"的美学本质是表现"道"，就是要超出有限的"象"从而趋向于无限，同魏晋玄学有着密切的联系，追求"道"，也是追求"远"，因而产生了"清远""深远""玄远""旷远"等概念，为山水画从人物画背景下脱离出来，逐渐成为一个独立的画科奠定了基础。人们开始寄情山水，崇尚自然，山水画再不是"人大于山，水不容泛"的状况，追求"远"的意境，将"有"与"无"，"虚"与"实"相统一，审美境界得到提高。

其次是东晋顾恺之"传神论"的提出，主张绘画尤其是人物画要传神，所画的人物形象要表现出个性气质，以"秀骨清像"为审美标准，讲究"瘦形而神气远"，用笔气势连贯，符合当时士族们的鉴赏标准，同陆探微并称为"密体"。再次，佛教由印度传入中原并进入主流文化圈，梁武帝更是将佛教定为国教，佛教题材绘画盛行。被称为"疏体"的张僧繇尤善佛画，还吸收了外来艺术的精神用"天竺法"画寺庙门楣上凹凸的花，具有很强的立体效果。虽然佛教由印度传入，但魏晋南北朝时期佛教绘画的人物形象与印度的并不相同，将中国人的形象融入到佛画中，绘画的艺术思维模式也融入了老庄思想，使得中国绘画达到了一个前所未有的高度。

唐代绘画是中国古代绘画的又一高峰，绘画的艺术水平远超以前各代，同样离不开宗教对绘画的影响。唐在建国初期，李氏父子为了抬高自己的身价，认老子为宗，尊称老子"国祖"，道教复活成为国教。到武则天掌权时，废道教改信佛教，唐玄宗时又恢复了道教的正统地位。经此反复，佛、道两家互补调和，尤其是禅宗既能与儒学相通又能与老庄思想契合，广受人们欢迎，因而唐代的人物画中佛道题材占了很大一部分。

唐代人物画在各种绘画门类中占首位，是人物画的鼎盛时期。道释人物画大兴，丰腴妩媚的菩萨，富有人情味的罗汉都表现出了世俗化的倾向。人物画家吴道子创造了遒劲奔放变化丰富的"莼菜条"，压缩色彩在画面上的比重，突破了南北朝以来铁线描施重彩的风格，表现出雄浑奔放的墨彩兼备新画风，并创白描画法，他独具一格的佛教画"吴家样"被视为典范，获"百代画圣"的称誉。

山水画以王维和李思训为代表。王维以田园诗见长，"诗中有画，画中有诗"，诗和画均具有情景交融的境界，喜作雪景、剑阁、栈道等题材，创水墨淡彩山水，为南宗之祖。李思训为唐朝宗室，他画山水树石突破了单纯勾勒填色而是以遒劲并带有变化的笔法表现山石结构，再填以青绿重彩，富丽堂皇，具有明显的贵族欣赏意趣，以他为代表的青绿山水被称为北宗之祖。唐代无论是释、道人物画还是山水画都表现出了高远淡薄且具神韵的画风，是中国古代绘画的巅峰时期。

承前启后的宋代绘画

唐末中原连年战乱，处于长江中下游地区和四川的南唐、西蜀政权相对稳定，且这两地的统治者热爱艺术，美术的重心随之转移到了西蜀和南唐。北宋初期，包括皇帝在内的不少贵族都对书画具有浓厚的兴趣，宋建国不久即设立画院，西蜀、南唐的画家相继来到开封，后来的宋徽宗更是位书画高手，不少宫廷画师都自叹不如，他对画院的建设更是不遗余力，是富丽堂皇的院体绘画最繁荣的时期。

宋代提倡佛教和道教，尤其对道教极为崇信，在宋真宗和宋徽宗时期曾大规模修建道观，道教绘画在此背景下得到快速发展，皇家画院中就有不少专门精于画道释题材的画家。著名的道释人物画家武宗元就在画洛阳上清宫三十六天帝时，将其中赤明阳和天帝画成宋太宗的肖像，引起宋真宗焚香礼拜，大加赞赏其画技卓绝。

受佛、道的影响，宋代文人士大夫阶层热爱绘画者增多，他们将绘画看作文化修养和风雅生活的重要组成部分，以欧阳修、苏轼为代表的文人画开始兴起。苏轼提出"论画以形似，见与儿童邻"。突破了之前绘画观念中对物象的刻画，因而宋代文人画的题材偏重墨竹、墨梅、山水树石等，多为寄情之作，不拘于形似，追求主观情趣的表达，同时在绘画美学理论上也取得了较高成就。其中对后世影响最大的就是郭熙的"身即山川而取之"和苏轼的"成竹在胸、身与竹化"命题。郭熙在《林泉高致》中提出的"身即山川而取之"，实际上是对唐代张璪"外师造化，中得心源"的延续和发展，强调画家必须要有一个审美的心胸，即"林泉之心"，才能发现自然山水的审美价值，才能把握和感受作品的审美意向，对审美创作尤为必要。此外，他还提出了山水画中的"高远、深远、平远"三远法，对山水画的发展成熟做了一个总结，影响至今。

总体而言，郭熙的"身即山川而取之"和苏轼的"成竹在胸、身与竹化"都属于美学中的审美创造。清代郑板桥用"眼中之竹"—"胸中之竹"—"手中之竹"来概括绘画创作的全过程，苏轼的"成竹在胸"和"身与竹化"恰好是郑板桥所说的从"胸中之竹"到"手中之竹"这一阶段，而郭熙的"身即山川而取之"正是"眼中之竹"到"胸中之竹"的阶段，可以说郑板桥是对宋代郭熙和苏轼美学命题的总结和补充，将审美创造的全过程概括出来，宋代绘画和绘画美学起到了承前启后的作用。

元明清——占主导地位的文人画

元代没有像宋代那样建立宫廷画院，宫廷中招募的画家也多以绘制帝后肖像及壁画为主。南宋灭亡后，大量宫廷画院画家流落民间，追求工致艳丽的院体绘画走向没落。受正统儒家思想的影响，在绘画中表达对前朝的怀念和对夷族统治不满，渴望归隐的文人士大夫绘画得到发展。元代文人画在创作上以山水、花鸟及墨竹、墨梅最为盛行。重视笔墨性能的发挥，强调文人士大夫的审美趣味，使书法、诗文与绘画结合为一体，注重主观意趣的抒发，将书画作为文人思想寄托和抒情遣兴的手段，追求"逸"的生活态度和精神境界。"逸"是道家精神，庄子其实就是超脱尘浊的"逸"精神，在生活态度上是任自然，喜欢简，渗透到艺术中就出现了所谓的"逸品"，着重表现画家本人的生活情趣和态度，高于"神品"和"妙品"，"逸品"在元四家时期达到成熟。

"写胸中逸气"在元四家身上得到了充分展现，倪瓒更是其中的佼佼者，这显然是与元代的社会状况有关，对当时文人的心理状态产生很大的影响。元代的"逸气"不同于明末清初时期的写意画家，较少政治隐喻和狂怪血泪，是时代特有的艺术表现。

明清时期文人士大夫绘画仍占有主导地位，呈现出多元化的趋势。有的文人画家注重个性的抒发和风格的独创，有的追求笔墨情趣，师从古法，还有的文人以绘画谋生，作品中带有世俗化的成分。明代以徐渭为代表的写意花鸟画，以陈洪绶为代表的人物画等都有着突出的代表性，尤其是董其昌提倡的笔墨情趣山水画及效仿佛家的绘画"南北宗"理论，被视为正统文人画代表，清初被称为"四王"的王时敏、王鉴、王翚、王原祁均深受董其昌画法理论的启示。

明清两代的宗教仍以佛、道为主，宗教艺术趋于衰落，缺少佳作。西方美术经传教士传入中国，西方绘画的一些技法逐渐被少数中国画家所吸收借鉴，但直至鸦片战争以前，西方绘画对中国绘画并未产生大的影响。当时以邹一桂为代表的清代画家认为西方写实绘画形同死物，没有艺术所必备的气韵和生动，对西方绘画评价非常低。这种观点很大程度上是由于历史的局限性造成的，只有当历史的发展突破了它的局限性之后，部分民族的艺术作品才可能被全人类所欣赏。

纵观中国绘画的发展过程，可以发现中国绘画大致经历了从汉代以前的抽象线条表现，魏晋至宋代的线、形、色的具体表现，元、明、清至近代的写意表现三大发展阶段。中国绘画由抽象到具象再到抽象，这与中国传统文化演变有着密切的关系。

包括绘画在内的中国的文学艺术长期以儒家思想为根基，儒、释、道三者互补使中国传统艺术精神得以形成和完善。正是由于有释、道两家的思想存在，使得中国文学艺术能突破礼法的束缚，走向人们渴望心灵自由的精神世界。同时由于儒家的牵制避免了中国文学艺术完全走向超脱现实的道路，形成了中国特有的诗、书、画、乐、舞一体的艺术形式。中国的诗词可入画，画亦可成诗，诗、画被看作有型的音乐，音乐也可是无形的诗画，舞蹈动作也都是书、画形体的线。这些艺术形式都是在儒、释、道三者融合的基础上发展定型的，可以说中国所有的传统艺术都是向文学转化的，中国绘画向文学借鉴，而西方绘画却转向哲学。

文化的不同使中西绘画走上了两条完全不同的发展道路。西方以物象为主的绘画直到印象主义时才有所转变，自塞尚之后，西方现代派绘画才越来越变成了一种观念艺术。例如表现主义、立体主义、未来主义、达达主义、超现实主义等强调的都是观念的表达，包含更多的哲学性，而中国绘画自从宋代文人画出现后，就更多表达一种情趣与精神状态。两者都重视作者自我意识的表达，都走向了拆解具体形象，不做外物的奴役的道路，只不过中国绘画比西方早的多。

英国美学家克莱夫·贝尔在《艺术》一书中提出"有意味的形式"，为西方现代艺术提供了理论基础，产生了普遍而持久的影响，先锋艺术、后现代艺术等也不断吸收东方艺术的精华。在全球一体化的今天，东西方绘画在材料、技法、观念等方面相互学习借鉴日益频繁，相信两者必然还会碰撞出新的火花。

诗歌美学

诗歌美学的发展——从"言志"到"缘情"

中国诗学走向自觉大致经历了三个发展阶段：以儒家诗学观为代表的"诗言志"阶段是政教诗学的形成期；以汉代《毛诗序》为代表的"情志合一"阶段走向自觉的过渡期；以陆机《文赋》为代表的"诗缘情"阶段是诗学走向自觉状态的完成期，彻底突破了"志"对"情"的束缚和经学对诗歌的控制，才使得诗成为真正诗。

"诗言志"最早指出了创作与创作主体的关系。先秦时期的"志"主要指政治上的抱负，出自《尚书·尧典》中"诗言志，歌永言，声依永，律和声"。"诗言志"就是将属于创作主体的"志"用语言形式表现出来。不同阶级的人所要言的志各不相同，以孔子为代表的儒家诗教提倡的"思无邪"，一度被后世奉为作诗的标准，要求诗的内容符合社会道德，不能有异端思想，到后来主张"发乎情，止乎礼"，直至汉代，孔子这一主张发展为

"温柔敦厚"的诗教原则，要求讽谏诗的言辞不能过于直接激烈，而要委婉柔和。这些儒家诗教传统要求诗的表现上要委婉含蓄，提倡"中和之美"，"志"必须符合儒家的道德规范。

汉代《毛诗序》中提出"诗者，志之所之也，在心为志，发言为诗。情动于中而形于言"，明确表述了"志"既包括诗人的思想志向，也包含诗人的感情世界，实现了"情志合一"，但《毛诗序》不论谈到情或志，往往都离不开儒家的礼仪规范，更多强调诗的社会功利作用，"情"未能摆脱"志"的束缚。

直到西晋陆机"诗缘情"的出现，才使得诗歌突破了儒家正统诗论的界限，只讲抒情，不讲言志。主张情感来源于感物，外物的变化引起作家情感的波澜，情感的激荡产生创作的冲动，使诗歌摆脱了社会功利作用，走向自觉独立的发展道路。"缘情"与西方的"移情"有共通之处，都是把主体的生命和情感移入到客体对象中，使原本无生命的客体对象仿佛也是有感觉、生命和情感的，从而达到物我交融的境界。"缘情"说的提出对后来钟嵘的"滋味"说、司空图的"韵味"说、严羽的"妙悟"说、王士禛的"神韵"说、王国维的"境界"说有着深远的影响，使诗歌有了丰富隽永的审美趣味。

南北朝时期钟嵘的《诗品》提出诗歌的本质特点是"吟咏情性"，以抒发感情为主，不注重征引典故。在诗歌创作上提出"滋味"说，把滋味当做诗歌的审美标准，诗歌作品中要蕴含着深厚动人的感情，能够引起读者的激动、联想和回味，是诗歌创作的最高造诣和境界。

晚唐司空图在《二十四诗品》中提出"四外"说，即"象外之象""景外之景""味外之旨""韵外之致"，后世称之为

"韵味"说，被认为是诗歌创作和批评的主要原则。"韵味"说源于钟嵘"滋味"说，并对刘勰的"神与物游"进一步发展提出了"思与境偕"，与其提出的"近而不浮""不着一字，尽得风流"等创作原则一道构成了诗歌作品的意境世界，对后代意境理论的最终形成有着重要影响。

宋代严羽在《沧浪诗话·诗辩》中提出了"兴趣"和"妙悟"说。"兴"即诗歌的艺术特征，"趣"即作品所具有的审美趣味。"兴趣"是"兴"在古典诗论里的一种发展，具有吟咏性情、无迹可求的审美特征，与"滋味"说、"韵味"说有直接的继承关系。严羽认为盛唐诗歌属于"透彻之悟"，应"以盛唐为法"，结合禅道提出"妙悟"说，反对江西诗派以文字、议论、才学为诗的创作方法。"妙悟"是就诗歌的创作主体而言，"兴趣"则是"妙悟"的对象和结果。

清代王士禛受画论的影响，同时汲取了司空图的"韵外之致""象外之象"和严羽"兴趣""妙悟"的思想，形成了"神韵"说，并认为"神韵"主要体现在一些具有"清远"的诗歌中。"清"指的是一种超脱尘俗的情怀，"远"也是一种超越精神，"清远"主要适用于山水诗中。"神韵"说作为清代四大诗歌理论派别（神韵、格调、性灵、肌理）中提出最早，影响最大的学说，其本质上力图摆脱政治等社会因素对诗歌的干扰，注重诗歌本身淡远清新的境界，进一步把"禅"的特征内化到"神韵"说的美学内涵中。

近代王国维认为"言神韵，不如言境界。"他在《人间词话》中说，"词以境界为最上"，"有境界则自成高格，自有名句。五代北宋之词所以独绝者在此"。"境界"与"意境"相通，但境界概念的外延大于意境。"境界"说借鉴了西方康德、叔本华、尼采的美学观念，集意境理论之大成。王国维把情与景看作意境的两个基本要素，情景交融是其基本特征。他把境界分为"造境与写境"、"有我之境与无我之境"、"隔与不隔"、"境界的大小与高低之分"四大类，其中"有我之境"和"无我之境"是与叔本华理论结合的产物，也最为有名。"有我之境"是作者把自己的情感移入到景物之上，是移情的结果，通常是创作主体由于怨愤或郁积，将自身浓烈的感情附身于外物，从而使主体的情绪得以平和，因而"有我之境"充满了生命的悲剧意识，是一种悲壮美，在美学上表现为宏壮。"无我之境"并不是说词中没有主观的思想感情，而是作家在对客观事物的描写中，把自己的感情意趣隐藏起来，物我合一，使人看不出诗人主观的感情色彩，多表现为优美。王国维崇尚"无我之境"，并认为"有我之境"和"无我之境"的区别实际上也就是壮美和优美的区别。王国维的"境界"说强调了"意向"作为美学范畴的重要地位，明确了中国古典美学的逻辑体系，对诗歌美学的继承和发展有着重要意义。

诗歌的接受美学

诗歌成为真正的诗必须经过艺术接受环节。只有通过艺术传播到达接受者手中，经过不同层次接受者的主动选择、吸纳、扬弃和创造，诗歌才具有意义。

接受美学认为艺术作品的审美价值在欣赏过程中才能产生并表现出来。尤其是艺术作品的功能，如审美教育、审美认知、审美娱乐等诸多功能只有接受主体经过审美再创造活动才能够实现。

诗歌的审美教育、认知功能从孔子对诗的定义就可以看出来。在《论语·阳货》中："子曰：小子何莫学夫诗？诗可以兴，可以观，可以群、可以怨，迩之事父，远之事君，多识于鸟、兽、草、木之名。""兴"即感发意志，孔子把"兴"摆在首位，强调诗歌对人的精神感发作用，使读者受到感染和激励。"观"即观风俗之盛衰，读者可以通过诗歌了解时代的风貌和社会的兴衰。"群"即诗歌可以促进人与人之间的交流和沟通。"怨"指诗歌可以对现实中的不良社会现象进行讽刺和批判。总之，诗既可以发泄情感，又可以从诗中体会到很多道理。往近处讲可以从诗中懂得孝道，能侍奉父母；往远处讲可以对国家做出贡献，更能使自己变的博学。中国虽然没有一个统一的宗教信仰，但诗歌却起到了很好的替代作用，包含了宗教情感、哲学观念、道德教育、审美理想、社会百科等多方面，从小让孩子背诵《唐诗三百首》《千家诗》等也是基于此目的，并非只是为了单纯的识字。

诗歌的审美娱乐功能实质上是艺术接受的审美升华，是欣赏主体的审美再创造活动。接受主体在艺术欣赏活动中并不是被动、消极地接受，而是积极主动地进行着审美再创造。西方"康士坦茨学派"的代表人物尧斯和伊瑟尔提出了"期待视野"和"召唤结构"两个接受美学的重要概念，伊瑟尔认为接受过程是一种"再创造"的过程，作品中的不确定性和空白越多，其含义愈深邃，艺术质量愈高，反之则不能称之为好的艺术作品。由于艺术生产是一种特殊的精神生产，具有主体性的特征，任何艺术作品不论表现的如何全面、具体总会留有许多的"不确定性"和

"空白"，需要接受主体根据自己的生活经验、兴趣爱好、阅历修养、思想情感、审美理想并通过想象、联想等多种心理功能对艺术作品进行丰富、补充甚至改造和加工，将这些"不确定点"进行"具体化"，从而在艺术作品中直观自身，引起审美愉悦，产生美感，达到一种精神的自由境界。因而，审美升华阶段常发生共鸣现象。

共鸣是欣赏主体在审美直觉和审美体验的基础上进而被艺术所感动，所吸引，以至于达到忘我的境界，是艺术欣赏活动的高峰和极致，是审美快感的源泉。共鸣一般在欣赏主体与作者或作品中的人物有着相似的生活处境、思想情感、人生遭遇的情况下最容易产生，不同的欣赏主体会对不同类型的诗人产生共鸣。

例如，有的读者喜欢宋代的王安石和辛弃疾，因为"诗必穷而后工"是对他们二位的真实写照。"穷"不单指经济上的贫穷，更多的是当困苦、倒霉、来解释，其意思是没在逆境中挣扎过的人是作不出来好诗的。王安石，位高权重，积极推行改革，生活非常节俭，常穿破衣服，吃饭也不超过两个菜，学问文采都不错，由于他的铁腕政策和处事方式使得朋友很少，政敌很多。积极推行改革不是为了自己的私利，一心为了国家，出发点是好的，但在执行中不仅受到了既得利益群体的阻挠，基层的部分官员在推行改革的过程中，也经常做出一些违背改革初衷的过激做法，从而引起了许多人的不满，最后连皇帝也不支持了，心中的苦楚可想而知了，只好借诗来抒发出来了，政治上的失意反而使他成为一名伟大的诗人。

辛弃疾年轻时胸怀报国之志，并且很有能力，在沦陷的敌占区组建起一支武装力量打游击，历经波折带着队伍转战到了南宋，幻想着能得到朝廷的支持北上收复失地，大有作为一番，没想到却一直没能被重用，好不容易从北方带来的部队也被解散了。自己赋闲在家，给朝廷写报告、谈政治、战略设想等等也没人理睬，好在他办事能力很强，哪里有棘手的事情派他去没几天就摆平了，然后又被冷落，再遇到事接着起用。这些事要是放在一般人身上可能早就撂挑子了，甚至可能患上精神疾病，他却很少抱怨，牢骚还是难免的，没别的地方可发泄，只好借诗词抒发出来，然后该干什么干什么，有着极高的艺术修养，因而他的诗词中包含了很多的人生感悟。

正是由于王安石和辛弃疾这些"穷"的经历，才使得他们的作品能够在不同时代"穷"的接受者心中产生感同身受的强烈共鸣，从而使接受者自身的情感得以抒发、宣泄，产生审美快感，获得精神享受。

与此相比，陶渊明的诗却是另一种风格的审美愉悦。陶渊明的诗在很长一段的时间里都没被重视，他既没做过什么大官，也没给后世留下过什么了不起的文学巨作，却丝毫不妨碍他成为中国历史上最伟大的诗人，原因就在于他的内心已经达到了真正和谐的境界。他的生活方式并不是避世，当县吏告诉他上级要来，应该束带相见，便叹曰："吾不能为五斗米折腰。"古代的"斗"是很大的计量单位，不是小数目，说辞官就不干了，跑到山里过起了农夫生活，且还有闲情逸致赏菊花，喝酒，可见他所逃避的只是政治，并非是生活本身，是介于尘世的喧嚣和完全逃避现实之间，在两者之间找到了完美的平衡。他的诗完全是随性的有感而发，是道家顺势思想，佛教的出世思想以及儒家中庸思想的完美结合，是一位热爱生活、乐知天命、顺其自然、坦荡谦逊的平民诗人，真正做到了生活如诗，诗如人生。

人们在读陶渊明的诗常产生审美期待，希望能从他的作品中领悟较为深层次的审美意味、情感境界、人生态度、思想倾向等，使接受者的审美需要得到满足，身心得到愉快和休息。

诗歌语言凝练、结构跳跃、富有节奏和韵律，能高度集中地反映生活和表达思想感情，在艺术起源时期，还与音乐、舞蹈三者常常融为一体，是提高审美境界的主要途径之一。人们可以通过诗歌受到真善美的熏陶和感染，思想上受到启迪，认识上得到提高，在潜移默化的作用下使思想、情感、理想、追求发生深刻的变化，树立起正确的人生观和世界观。除此之外，诗歌还重言外之意、味外之旨，留有大量的"空白"赋予接受者进行审美再创造，与西方接受美学有许多共通之处。

诗歌美学与传播

诗歌的传播与音乐紧密相连，甚至不可分。《诗经》《楚辞》本身既是辞章，也是乐曲，只不过后来诗、乐出现分途，尤其是在七言诗、格律诗出现后，诗歌就不再依从于音乐。词本来也是歌曲，后来只剩文字，现在所谓的填词填的也只是格律谱，完全脱离了音乐属性，变得不可歌了。

诗歌的灵魂依然离不开音乐。孔子说："兴于诗，立于礼，成于乐。"乐教高于诗教和礼教，只有音乐才能让一个人的人格修养得以完成。传统音乐中优美的旋律、协和的和声、稳定的节奏、充满意蕴的歌词，往往引起欣赏者强烈的内心共鸣，使人回味无穷。

叔本华也曾说："既定的诗文一经谱上音乐以后，音乐艺术高出一筹的威力马上就显现出来了，因为音乐现在就把唱词所要表达的感情，或者剧里所表现的情节、行为，把所有这些里面最幽深、最根本和最隐秘的东西和盘托给我们；把感情和情节的真正本质明白表达出来；让我们了解到剧中事件所具有的最内在的灵魂。"好的音乐能使诗歌中的意境美得到更加完美的体现。

　　进入 20 世纪中后期以来，艺术世俗化成为审美发展中的一个具体标记，高雅艺术与大众艺术的边界越来越模糊，大众文化推进了艺术的世俗化过程。科技的进步使艺术品可以大规模的技术复制，刺激了大众审美的消费狂热，却在一定程度上丧失了艺术作品的"灵韵"，缺乏追求人类精神活动的创造性和历史深度，艺术作为人类最高心灵旨趣的功能被严重弱化。

　　传统艺术借助现代传播媒介被大众化、普及化，诗歌也与流行音乐等相结合。随着西方先锋派音乐产生，如序列音乐、偶然音乐、电子音乐的发展和传播，冲击了传统的音乐观念，音乐的内部形式碎片化，过度追求形式的刺激，呈现出多元化发展的趋势，以迎合大众娱乐化、消费性的需求，歌词的意境功能已被完全忽视，消解了诗歌的美学意境。诗歌自身发展的独立性、自主性被异化，沦为商品和消费品。

　　诗歌要想随着时代的发展而发展，亟须做好艺术价值与商业价值的结合，既要遵循自身规律又要遵循商业价值规律。中国的诗歌与音乐内部一直是紧密相连的，只有好诗才能成好乐，从而实现"乐者，乐也"的美好境界。

浅谈悲剧中蕴涵的快感美学

古希腊哲学家亚里士多德在《诗学》中将戏剧体裁分为悲剧和喜剧两种。他认为悲剧通过人物动作"借引起怜悯和恐惧来使这种感情得到陶冶"。当时的悲剧主要表现神、英雄、帝王将相和贵族，描写的多是高尚的人物，通常主人公会因为过失或判断失误而导致不可逆转的致命后果。悲剧正是通过毁灭的形式来引起观众的怜悯，使人们从悲痛中得到美的净化，唤起人们高尚的情感，从而获得快感。

古希腊悲剧与悲剧快感

黑格尔在《美学》一书中提出：悲剧快感在于"永恒正义的胜利"。黑格尔认为，在悲剧中，相互对立的双方构成"冲突"，而对立面的统一，即是通过"和解"的方式。悲剧冲突的解决，就是要使代表片面性的伦理力量人物遭到毁灭，使真正的理想在和解中得以实现，显示出永恒正义的胜利。

例如，古希腊三大悲剧诗人之一索福克勒斯，笔下悲剧人物的性格复杂程度，远超与他同时代的埃斯库罗斯和欧里庇得斯。他的命运悲剧《俄狄浦斯王》，讲述了忒拜国王拉伊俄斯从神谕中得知，由于自己早先的罪恶，他的儿子会杀父娶母，所以儿子俄狄浦斯一降生，便将他抛弃了，弃婴被科林斯收养。俄狄浦斯成人后也得知其可怕的命运，遂逃往忒拜。路上与一老人发生口角，盛怒之下将他杀死，正巧是他的生父。接着又揭破斯芬克斯之谜，为忒拜人解除灾难，成了他们的新王，并娶前王的寡后为妻，岂料正是自己的生母，神谕全部应验。真相大白后俄狄浦斯悲痛欲绝，刺瞎双眼，甘愿放逐荒野。

黑格尔对悲剧的理解被普遍认为是乐观的，对立双方实现了和解，悲剧的结局不是真善美的毁灭，而是真善美的胜利。黑格尔的悲剧理论是他关于对立面统一的辩证法思想的一个特殊应用。

朱光潜对黑格尔的悲剧理论进行了分析和批判，他认为黑格尔完全忽略悲剧中的苦难，具体的个人幸福必须为了一种抽象的永恒正义而做出牺牲。他的永恒正义说看上去是乐观的，其实确是有点令人感到失望和沮丧。

朱光潜深受尼采的影响，对悲剧精神既悲观又乐观。正如他所说："悲剧往往不分善恶是非，不区别好人坏人，统统加以毁灭，使人觉得宇宙、命运有着人的意志、理性无法控制的力量，给人一种神秘感，促使人们沉思，满足人们的好奇心。"人们也正是借悲剧引起的怜悯、痛苦、激动、敬畏之情，让人的心灵受到强烈的震撼，引起敬仰和赞叹的情怀，提升和扩大人的精神境界，产生审美快感。

生命活动不受阻遏而使生命能量得到自由宣泄也会产生快感。在欧里庇得斯的《美狄亚》中，美狄亚为了报复不忠的丈夫，毒死了丈夫欲娶的公主和她的父亲，又亲手杀死了自己的儿子们。人们在欣赏《美狄亚》的过程中，暂时超越了现实世界，使过分强烈的情绪因宣泄而达到平静，生命活动得到完全自由释放，欣赏者的心里经过悲剧的作用达到一种平静健康的状态而产生快感。

又如 17 世纪法国古典主义悲剧诗人拉辛，他的悲剧作品大多描写王公贵妇丧失理性，感情放纵，结局悲惨，其代表作《费德尔》（《淮德拉》）取材古希腊神话。古希腊英雄忒修斯的妻子费德尔闻得丈夫死于战场，向养子希波吕托斯表白对他的爱情，但忒修斯突然生还，并发现他的妻子与养子的私情，就处死希波吕托斯，费德尔也服毒自尽。人们在欣赏时会对女主人公不受伦理、理性的约束勇于追求自由情感的精神所感染，使自身情感在欣赏作品过程中得到排解，从而享受、体验超越现实利害关系的束缚产生精神快感。

古希腊悲剧对西方现代派的影响

公元前两千年出现的古希腊文明是西方现代文明的起源同时也是西方现代派的起源。古希腊神话，也就是古希腊宗教，创造了欧洲历史上最复杂的多神宗教，并把这些神话抽象化、理性化、科学化和艺术化，涉及到人类经历的各个方面，几乎都与基督教相反。古希腊的哲学、理性思想和科学观念都出自古希腊神话，这些神话并不是真理，因而古希腊哲学并不追求真理，由此演变而来的西方现代派也不追求真理。

西方现代派以这些神为崇拜对象，放纵人性去追求物欲和性欲横流，并且认为这就是人的本性，而不认为人性中还有追求善的愿望，否定人生有意义的方面，产生了虚无主义，这也是与基督教对立主要原因之一。

20世纪的存在主义就是最常见的虚无主义观念，认为人生没有客观意义，没有目的，没有固有价值，不受理智和社会的约束，没有固定不变的人性，通过选择确证自我，并对自己的选择行为负道德责任。自由选择是存在主义的精髓。

存在主义戏剧代表作萨特的《苍蝇》中，主人公俄瑞斯忒斯从小受到杀父仇人的迫害，后回到了故乡阿耳戈斯。他目睹了姐姐在仇人统治下悲惨的生活，又受到她的复仇愿望的影响，终于不顾众神之王朱庇特（宙斯）的阻拦，做出了自己的选择：杀死了仇人及他的情妇—自己的母亲。为此，他遭到了姐姐的憎恨和朱庇特的惩罚，但他却正义凛然，毫不动摇。剧中朱庇特曾经厉声谴责俄瑞斯忒斯，为什么后者被他创造出来却转而反对他。俄瑞斯忒斯回答说："我既不是主人，也不是奴隶，朱庇特，我就是我的自由！你刚创造出我来，我就不属于你了。"这部带有悲剧性质的哲理剧，阐明了人要用意志和行动去争取自由，完成生存的使命，获得自由释放的快感。

荒诞派戏剧强调、扩大了存在主义哲学中有关"荒诞"的成分。荒诞派在一定程度上反映了现代社会的客观存在状态，人们所面临的种种危机动摇了对美、对未来的信念，在物质欲望的重压下"自我丧失感"日益加深，社会现实和人的存在本身具有了荒诞性。存在主义和荒诞派戏剧，大多表现西方现代社会的社会危机和精神危机，而引起人的异化现象，反映了对资本主义的怀疑和绝望，其本身就具有悲剧色彩。

未来主义和解构主义都是虚无主义在不同时期不同环境里的

体现，后现代艺术中也有虚无主义的影子。

悲剧快感与电影艺术

自法国人梅里爱把照相特技应用到电影上，将电影引向戏剧道路以来，电影与戏剧便紧密地结合在一起。

以美国电影为例，好莱坞的发展史可以说就是美国电影的发展史。从 1908 年至 1927 年是经典好莱坞电影发展阶段，这一时期的电影主要是以娱乐观众获取利润的商业电影，在结构故事和展开情节方面明显地以戏剧化作为基础，人物形象定型化，风格上追求脱离现实的梦幻效应，总离不开大团圆的结局。直到 20 世纪 60 年代末到 70 年代末好莱坞旧的电影体制瓦解，开始了新好莱坞时代。

新好莱坞的崛起，以阿瑟·佩恩的《邦妮和克莱德》为标志，影片打破了经典强盗片的类型模式，塑造了一对风度翩翩、挑衅特权、敢于直接反抗社会的不公平和对个性禁锢的鸳鸯劫匪形象，最终两人在警方枪林弹雨下惨烈身亡的悲剧性毁灭结局。影片结尾打破常规，以歌颂式的升格镜头来表现悲剧结局，流露出对两人的深切同情。观众看后也会对他们两人不受社会禁锢，自由释放个人生命力对没有人性的社会制度的反抗，而最终毁灭的悲壮感所感染，冷静审视影片背后饱含的对社会的反省，进而产生悲剧快感。

中国的悲剧电影主要以 20 世纪 30、40 年代的社会问题悲剧与家庭悲剧最具代表性。如 30 年代《神女》身心俱损的命运悲剧，《桃李劫》的奉献社会理想和生存毁灭悲剧，《渔光曲》的生活苦难悲剧等。40 年代悲剧电影出现以家庭悲剧和社会悲剧共存的局面，《一江春水向东流》更是造就了史诗悲剧艺术的典范，把个人命运与整个历史事件和时代风云有机结合起来，通过家庭人伦的悲欢离合故事来透视社会人生。《万家灯火》以家庭矛盾表现社会，夯实了家庭生活悲剧的表现形态，《小城之春》以诗化形态的影像表现成为人生情感心理悲剧的代表作。到50—60年代，中国悲剧电影主要表现阶级压迫，80年代后趋向于历史悲剧和文化心理悲剧等。

从90年代开始，中国电影进入多元化发展时期，大众文化占据主要位置，审美活动与日常生活之间的界限日益模糊，人们需要更多的娱乐化产品来填补、满足生活中闲暇时间的情感需求，导致审美的产业化和商品化。随着大众传播媒介的发达和普及以及数字技术的飞速发展，以前人们对电影凝神专注式的接受越来越被消遣性接受所取代，因而商业电影更多体现出大众化、消费性、娱乐化、无深度等审美效应。纯粹悲剧电影崇高和厚重的情感，在泛娱乐化商业电影浪潮的席卷下，难以引起观众的广泛共鸣，悲剧电影和观众之间产生了一道鸿沟。

电影是商品、艺术、文化三位一体的综合体，电影作为艺术要讲一个好故事、触及心灵并具有审美感染力是其根本特征，经典的电影必然是建立在艺术性和商业性平衡的基础上，如近年来的《集结号》《湄公河行动》《红海行动》等主旋律电影，将悲剧性、艺术性、商业性很好地结合在一起，实现了票房和口碑的双赢。当代悲剧电影的发展应正确处理好"表述方式"与"精神内核"的关系，采取适当的表述方式贴近时代，贴近生活，贴近大众，在"精神内核"上探寻对社会生态的考察，对历史的深思，对现实人生的关照及对时代问题的追问等，通过悲剧的崇高美和悲剧快感为电影艺术赢得深度与高度。

乐知天命不忧难

叔本华曾说："一旦这一世界免除了匮乏和劳累，人们就会陷入无聊之中，而随着无聊得以幸免，他们也就落入了匮乏和需求、烦恼和痛苦的魔爪。"如果说二十世纪癌症是人类最大的威胁的话，那么在二十一世纪精神方面的疾病，很有可能成为人类最大威胁。

中国最古老的智慧，被誉为哲学中的哲学《易经》中，把人文世界分为了"吉、凶、悔、吝"四种现象，通过这四种可以相互转化的情形来解释人生的心理现象。

人们做事情通常希望能够大吉大利，其实吉凶是人类心理的一种反应，天地间没有所谓绝对的吉凶，也没有绝对的是非，同样也没有绝对的好坏。譬如有人做生意发财后很得意，周围的人对其也是一片称赞之声，但不能认为这就是吉，祸患很可能已经隐藏在其中了，一定要小心谨慎。

算命行业的火爆也源于人们对未知的恐惧。去求签的人都期盼能抽到上面写着"大吉大利"的签子，如果对《易经》略有了解，就知道六十四卦中没有一卦是大吉大利的，也没有一卦是大凶的，所有的是非好坏都是从人的心理现象而来的。

在"吉、凶、悔、吝"四种现象中，"悔"的第一层意思就是从字面解释为后悔。人生对任何事情总是在后悔中，经常抱怨早知道如此，当初应该怎么样，抱怨的多了就引申出第二层意思——烦恼。佛经上讲的"烦恼"就是悔。"烦恼"两字是从印度的宗教文化伴随佛教传入中国的，佛经上讲的烦恼不是痛苦，是开始感觉心里很烦，过久了感到不舒服，不是痛觉，可就是很不爽、很烦、很苦恼，通俗点说就是不高兴。不高兴就开始找理由，事情变得困难，就是吝，因此，《易经》中说"悔吝者，忧虞之象也"。心理上得到了高兴，就失去了痛苦烦恼。

此外，孔子认为人们普遍存在"贫而无怨，难；富而无骄，易"的心理。"贫而无怨"的贫并不一定是经济方面的贫穷，知识的匮乏也是贫，没有志向同样也是贫。有人曾说"经济上贫穷的人其实是思想上缺的是观念，骨子里缺的是勇气。"因而，贫并不是一定指没有钱，各种贫都包括在内。反过来讲，如果各方面都贫，那么在经济方面也一定是贫穷的。"富而无骄，易。"是相对于"贫而无怨"来说的，要想真正做到也并非是件容易的事。人一旦有所成就难免都会有点自我膨胀，只不过有的人表现得更为外在一点，而比较有修养的人会比较内敛，表面上看不出骄傲来，但内心多少还是有些觉着自己了不起的心态。

所谓人穷气大，人一旦贫穷，就免不了会怨天尤人，乱发牢骚，如韩愈所说一个人"穷极则呼天，痛极则呼父母"，这都是自然现象。能做到"安贫乐道"的人需要有极高的修养，也只有孔子最得意的弟子颜回等极少数人可以做到，对于一般人是非常困难的。

孔子曾这样评价颜回："贤哉！回也。一箪食，一瓢饮，在陋巷，人不堪其忧，回不改其乐，贤哉回也！"贫并不等于无，说一个人贫穷至少这个人还有些经济基础，但颜回只有一个破饭盒以及一个喝水用的瓢，饭盒里面还常装着已经变质的饭。古代也没自来水，没井没河的地方大多是挑水卖，颜回连水也经常买不起，还住在贫民窟，可以说是一无所有，但却还可以"安贫乐道"、"知足常乐"实在是了不起，更难得的是他还能做到"不迁怒，不贰过"，连孔子也认为除了颜回以外，在三千弟子中没有第二个人能够做到了。颜回可以说是孔子最合适的接班人，无奈三十出头就死了，现代学者经研究推断颜回很可能死于营养不良，看来人能"安贫乐道"却不能"安无乐道"啊。

"不迁怒，不贰过"，我们一辈子也很难做到，就是在孔门弟子中能够做到连续三个月不发脾气已经可称为贤者了。"迁怒"指脾气会乱发，我们都会经常迁怒，尤其是对自己的家人，实际上多数家庭问题都是由迁怒所引起的。"不贰过"就是不第二次犯相同的错误，刚下定决心要不迁怒，没过一会就又对人家发脾气，这就是"贰过"。要想做到"不迁怒，不贰过"需要极高的修养，普通人也只能把它当成个行为准则，尽量少发脾气，少犯相同的错误，这样就能减少许多不必要的烦恼，要是能真正做到"不迁怒，不贰过"那就是非圣亦贤了。

回过头来看"吉、凶、悔、吝"四种现象，四个当中只有一个吉是好的，其余三个都是不太好的，我们的生活也是一样，大部分时间都在为悔、为贫而发愁甚至发怒，快乐高兴的日子通常占不了一半，有的能占四分之一就已经是不错了，主要原因还是因为欲望得不到满足。一个一无所有的人，最初的愿望可能就是能够吃饱饭穿暖衣，当这些都满足了之后就会想着要有个房子住该多好，房子有了看别人都有车了，自己也想买一辆，房子车子都有了接着就想该娶个媳妇成个家生个娃，娃有了接着就发现房子不够大，车子也该换了……人的欲望是没有止境的，越得不到的东西就越想得到，整日为欲望没法满足而发愁，结果弄得自己积劳成疾，劳心才是主要病因，真的成了不在愁中即病中了。

佛家说"欲除烦恼须无我，各有前因莫羡人"指的是一种出世思想，历史上成功的人，也只是人生的某一个阶段的成功。真正成功的人几乎没有，多数是失败的。出世的思想不是每个人都能够达到的，但却可以做到境由心生，改变看待周围事物的心态。历史是一部大人生，人生是一部小历史，人的一生在历史的长河中，不过只有短短的几十年，活出自己的价值，活的心安理得足矣。

论浏览与阅读

　　随着数字技术向人类社会生活的各个领域的广泛渗透，人类社会逐渐告别了原来节奏缓慢的生活，进入了快速消费时代，同时也带来了媒介传播方式的转变。

　　媒介发展至今，经历了以声音和肢体语言为特征的口语媒介时代，以文字为基础的书面媒介时代，以纸张和印刷术为基础的印刷媒介时代，以电子技术为基础的电子媒介时代，以数字技术为基础的数字媒介时代等五个发展阶段。现代媒介与数字技术的有效结合，使读者能够在短时间内通过更直观、更形象化的方式去获取信息，阅读方式由传统的用心去读、去品味、去感受向用眼去看、去浏览、去消遣转变，尤其是移动互联网时代的到来，传播方式更加便于复制和模拟，文学艺术迈入了机械复制时代。

机械复制对阅读的影响

　　在机械复制时代，文学艺术品可以像机器流水线中的产品被批量生产，数字复制品的海量性、非线性、可重构性等特征，使欣赏者个人与艺术复制品间的关系发生了巨大改变。传播方式变得更加碎片化，个人能够轻易的"占有"数字复制品，对其进行剪辑、拼贴、评论，由被动消极的接受者变为主动直接的创作者。虽然个人能够对艺术复制品进行二度创作，具有了更多的主观能动性，但这种创作往往是在复制品原有展示价值的固有顺序基础上进行的，其创造程度是非常有限的。

机械复制有利于大众文化艺术的繁荣，却在一定程度上消解了精英艺术的思想性，造就了大众娱乐心理。艺术家在进行艺术创作时不免要倾向于大众的审美和喜好，将带有神圣灵感的艺术创作活动变为机械生产活动，使文学艺术品沦为商品，进一步消解了艺术家的自由创作和文学艺术作品本身具有的独创性，降低了人们的审美思考能力。由于过度追求数字技术，导致作品的精神内核时常被忽视，文艺易成为娱乐的附庸，使传统文化走俗。

数字技术与传统文学艺术作品有效结合，固然扩大了经典作品的传播力和影响力，大众可以通过数字技术转化来的电子书、影视剧对传统经典进行"简化"阅读。但与此同时，读者用心感受、体会原文中的经典段落，同作者灵魂交流达到精神共鸣美好境界，被快速浏览所取代，打破了阅读、思考的逻辑性，使读者难以形成对文本的整体把握。由于数字技术的互动性，读者也容易受他人的评价而影响自己对作品的感悟、判断及深入思考，人们看影视剧和电子书多是抱着消磨时光的娱乐心态，从阅读中汲取到的养分大大减少了。

在传统文学艺术作品中，用于交往的文学文本通常是仅供读者单向接受的"读者文本"，在阅读欣赏的过程中可以通过想象和联想还原作者心目中的形象、情感、感悟等原初生成过程，体味作品的意蕴。而数字技术提供了可供读者进行加工、生产的"书写文本"，虽然也能够复活艺术形象，但却很难介入作品的原初生成过程，使文学艺术虚拟真实化，形成了"替代执行"。当人们观看某部作品时，会身临其境像作品中的人物一样去思考、激动或焦虑，产生一种"在场"的感觉，将日常生活中的压抑、困惑和潜意识得到不同程度的自我排遣，在精神上得到平衡。因而，在数字技术为主导的机械复制时代，人们对文学艺术品的娱乐性需求，远大于对艺术作品高层次的需求，凝神专注式的接受方式，越来越被消遣性接受所取代，浏览取代阅读成为大势所趋。

阅读与时代特点

叔本华曾说："人们总是阅读最新的，而不是所有时代中最好的作品。"新的作品往往符合时代特点，注入流行元素，便于形成大众文化，成为人们茶余饭后的谈资，比经典作品更加亲和，对于以消遣为主的大众更具吸引力。

经典的作品一般都是由不同时代中最杰出的人所著，其思想价值是经过时间的筛选沉淀下来的，能给人们带来超越时代局限性的教益和熏陶。而今，人们即使有时间和精力去阅读经典，也更加喜欢阅读经过当代人加工解读过的二手甚至三、四手的经典作品，主要是由于加工过的作品更加浅显易懂，能够使流行语言和文字保持一致，符合当下大众的语言习惯，这同"五四"时期提倡的白话文运动有不少相似之处。

白话文的推行普及离不开西学的影响。鸦片战争后，许多留学生到国外一看，发现西方的科学与制度之所以发达，其中一项重要原因是因为西方的语言和文字是一体的，平时话怎么说，文章就怎么写，教育就容易普及。而当时中国的文章还多保留着八股文体，引经据典，因此必须要打破，提倡用白话文写作。

白话文并非是"五四"时才有的专利，元、明时期的小说《三国演义》《水浒传》等书都是白话文，只不过被我们现在称之为古白话。我们长期忽视了语言是会跟着时代变化的，四大名著放在它们所处的时代就是白话文，与当时的语言习惯是相同的，小说其实就起源于"平话"。

宋代以前，中国没有中长篇小说，小说一词出现的较晚，当时叫做"平话"，多注重讲史及英雄的个人传记，传述前人的遗编，缺少创作，文学水平相对较低。"平话"经说书人以肢体语言、表情及口语化的叙述，将这些故事普遍传播于民间，普通百姓都能讲历史故事，他们的人生哲理和生活准则，都是从说书人口中所讲故事里得出的历史经验。说书人类似于从前欧洲的游吟诗人，他们也许并不识字，但善于记忆，能表演，在民间社会起到了文化普及和文学传播的重要作用，还影响到了文人阶层，吴承恩的《西游记》便是在民间故事的基础上，加以创作扩充而形成的。

白话文一直存在于民间社会，"五四"后大力提倡把文言文写作转为白话文，可惜转的太急。胡适作为白话文运动的代表人物，曾给陈独秀写信并不赞成立即转变，随后陈独秀在《新青年》上答复胡适，其态度武断，这笔账最后还是都算到胡适头上了，到现在还有人认为胡适是千古罪人。即使没有胡适，白话文也终会替代古文，正如汉赋、唐诗、宋词、元曲一样，每个时代都有其文学特色，是时代发展的必然结果。

白话文的推行虽然对教育的普及起到了积极的作用，但其负面作用也很明显，就是把打开古代文化的"钥匙"给丢了。从小受现代教育成长起来的学生，如果没有注释根本看不懂古代书籍，文言文几个字用白话文解释可能需要一大段，且不见得能解释清楚，古文还不能单纯地从字面上去理解，要想读懂古书，只能找当代学者解释为白话文的书籍去读，很难保证原著的真正本意不被改变。例如，《易经》本身就比较深奥难懂，再不懂古文，读起来如同天书，好在孔子对《易经》的每一卦爻都进行了解释，问题是孔子的解释也是用文言文写的，翻译为白话文不可避免地会加上些学者自己的见解，结果白话文写了好多还不见得讲的透，连孔子的本意都难以完全保留，更别提《易经》的本来面目了，自己如不能去读第一手的资料实在是种损失。

现代白话文的许多词汇是从日语、德语、英语中引进的，因为传统的汉语缺乏分词句型和大量的细节名词，介词数量比较少，适合表达农耕文化，难以表达复杂行为和精确的技术结构。近一百多年来，留日学生从日语中借用了大量词汇，尤其借用了西方文化、社会、科学概念的相关词汇，这些词汇并非来自中国古汉语，进一步造成了古汉语与白话汉语的断代。

现今，已经很少有人愿意去专心读古书与古人神交了，人们更愿意为了名利让工作占据自己的全部精神世界，即便阅读也是为了功利目的或惬意舒服地打发时间，浏览更加符合大众追求感官快乐的需求。但脱离文化基础的"意识流"作品，只能成为商业时代的快速消费品，浏览后即忘，难以常驻。

德国存在主义和现象哲学的代表人海德格尔在 20 世纪初就

意识到了该问题的存在。他在《诗人何为?》一文中提出:"这是一个贫乏的时代,而这个时代的艺术也是贫乏的,其中很难再有真理显露。这个时代的芸芸众生意识不到、也不去追问其自身的存在,不去思考生存的意义,只沉浸在物欲的追求中。"

时至今日,也许只有阅读才能为这个充满"机械复制"的"读图"时代保留一个诗性的空间,随着数字技术的不断发展,人们欣喜地发现,书籍并没有被数字媒介完全取代,反而增加了自身的美学意义与功能,使人们得以继续追寻"诗意地栖居"。

何以代宗教

宗教是什么？近代被称为新儒家的梁漱溟先生曾说："所谓宗教，都是以超绝于知识的事物，谋情志方面之安慰勖勉的。"即超绝于现有的世界，寻求内心的安宁，能够充满希望的生活下去。

世界上的文化最初都是以宗教为开端，中国亦是如此。在宗教出现以前，原始人们就开始崇拜图腾巫术，被中国人尊为始祖的伏羲和女娲传说中都是人首蛇身的图腾，就连黄帝在《海外西经》上记载的形象也是"人面蛇身，尾交首上"。大禹的父亲鲧也有"鲧死三岁不腐，剖之以吴刀，化为黄龙"的说法。龙其实就是以蛇为主体，加之马的毛、鹿的角、鱼的鳞须等动物的综合体而演变形成的图腾形象，是一种被理想化了的审美崇拜，一直被人们视为最吉祥的信物。

然而，在希腊神话中并没有原始的图腾。希腊神话中原始的诸神不仅已成人形，还具有人的性格、情感，往往带有人间味道，是一种被人化了的图腾神，东西方的古人都有图腾崇拜巫术礼仪习俗。

当人们逐渐发现通过图腾巫术并不能控制自然力后，人才想通过祈祷去求得神的恩赐，于是真正意义上的宗教产生了。民国著名教育家胡石青先生将世界宗教分为三大体系，即希伯来体系、印度体系、中国体系。称中国的宗教"大教无名"，虽然中国没有统一的宗教，却"合天人，包万有"，应单独为一体系。

中国文化长期以来是以周孔文化为起点，主要指近三千年的中国文化。三千年前中国已存在的尊天、敬祖等宗教仪式逐渐演变为儒学的一部分。

儒学非宗教

儒学到底算不算宗教？梁漱溟先生说宗教具备两大条件："一是宗教必以对于人的情志方面之安慰勖勉，为他的事物。二是宗教必以对于人的知识之超外背反，立他的根据。"也就是说宗教要对人的情感方面给予安慰，使人有精神寄托。如佛教拜各种菩萨，基督教的祈祷等，只要人们礼拜供奉了，寻得内心的慰藉，就能对生活满怀希望地活下去。再者，宗教要求超绝于我们知识作用之外。例如，人们拜土地公，拜城隍，并不能证明其是否真实存在，要相信他们存在，就是超乎知识作用之外。从以上两点来看儒学都不具备，因而很难把其归为真正意义上的宗教，只能是未定论。

德国著名哲学家费尔巴哈曾说："若世上没有死这回事，那亦没有宗教了。"死亡是让人们感到最为不安的事了，宗教实则是一种对于外力的假借，各种宗教中的"神、仙、佛、帝"等都是应此要求出现的，使人们能够冲出现有的世界而另辟新世界，即用出世的观念安慰情志。而孔子却对生死鬼神的问题避而不谈，走上了另一条道路，就是教人自省，养成人自身的辨别力，除了信赖人自己的理性，不再信赖其他，这与宗教让人舍自信而信他的观点刚好相反，更进一步显示了儒学与宗教的不同。

家庭伦理观与忠孝、礼乐

纵观世界史，宗教在封建社会是维系社会稳定的最大支柱，中世纪的欧洲就是靠其强大的宗教势力及教会组织体系来维系统治。在中国仅靠个人的自省自律显然无法替代宗教的作用，虽然中国在不同的朝代时而推崇佛教，时而推崇道教，实际上维系社会稳定的却是靠以礼俗伦理为基础的宗族家庭集团。

中国人比西方人更加重视宗族家庭生活。人一出生就会有父子、兄弟、等各方面的伦理关系，相互之间都存在义务。传统"五伦"中除了君臣关系外，其余四项都和家庭有直接的关系，分别是父子、夫妇、兄弟和朋友关系。古时的交通、通信不便，朋友关系也是以家庭圈子中的朋友居多，因而将朋友关系也归为家庭关系之中。君臣关系看似和家庭没有直接的关系，却被排在"五伦"之首，是因为君臣关系也是广义上的家族关系。人们常把地方官称为父母官，视一国也如一个大家庭，一国之主就是"大家长"，君臣官民彼此间都存在伦理义务。中国人过年写对联，横批上经常写"太平盛世"，中国人的理想就是天下太平，盛世安康，以伦理义务维系社会关系稳定。并且，中国古代的政府行政机关一般只到县一级，县以下多靠宗族关系维系，大家推举出来的族长拥有很高的威望，基本靠地方自治。县官通常配有刑名和钱谷两名师爷，老百姓与官府打交道亦只有纳粮和诉讼两件事，多数争端都是在宗族制度内自行解决了，官民以互不相扰为安。

因而，家族宗法制度就成了约束个人行为的准则，人们通过敬祖表达对祖先崇拜，同时希望祖先保佑家人安康以使家族延续。这种崇拜既没有名称，也没有教徒和教会组织，中国人却都这么做，源于家庭伦理观念，伦理观几乎取代了宗教的作用。

在家庭伦理观中，忠孝被放在了首位。中国人的情感发端、培养于家庭，个体的努力奋斗从来不仅仅是为了自己。多数是为了父母、子女积蓄财物，或者为了光宗耀祖，使家族增辉，在个体身上都有着神圣的义务感，人生因此有了努力拼搏的目标，以家族情感支配个人欲望，能为了家庭成员的幸福而忘却了自己，每个人都互为他人而存在。每个人在完成自己的同时家庭组织秩序也由此而完成。

宗族家庭集团除了要靠忠孝伦理还离不开礼乐。一个人从出生到死亡都会经历成年、结婚、丧葬等几次重要的环节，这些环节一般都需要举办由家族人共同参加的仪式，以表达各种不同的情感，起到安勉人情志，维系宗族团结的效果，这与宗教的作用是相似的。儒家把古宗教转化为礼，将古时祭祀仪式转变为诗乐形式，同基督教徒定期要到教堂礼拜唱诗一样，使人在精神上得到洗礼。宗教也是通过艺术化的活动来维系群体的向心力，使人的情感表达具体化，其安勉情志的作用远超说教。

但礼乐也不同于宗教。人们信仰宗教，是因为人一生遭受的苦难太多，生活要靠希望才能活下去，每个人的愿望不可能全部被满足，于是人们就渴望超越知识、理智的界限寻求另一种新的世界，本质上是由人们向外有所求的心理得来的，宗教起到了稳定人生的作用。儒家恰恰相反，把古宗教转化为礼乐的具体形式，使人的精神不再向外所求。从美学的角度来看，"乐"比"礼"显得更加直接和关键，人们通过"乐"来陶冶性情、塑造情感以建立内在的人性，与"礼"一起达到维系社会秩序和谐的目的。

礼乐与忠孝实质上是互相联系、统一的，都归于孔子的"仁"中。孔子将氏族血缘视为仁学的现实社会渊源，忠孝是其直接表现，只有礼乐才能培育、塑造出来区别于犬马的人的情感和人性，使人获得"敬"的心理状态，达到人性的自觉。正因如此，孔子认为礼乐使人处于诗与艺术中，有宗教的作用，而无宗教的弊端，故而排斥了宗教。

儒学对近代美学的影响

随着现代科技的发展，宗教的权威性越来越受到质疑，从科学的角度无法证明世界是由某个神来主宰的，亦无法证明他们的存在，宗教似乎在走向末路，但儒家学说却依然有着长久不衰的生命力。

近代西方思潮的逐渐涌入中国，对儒学和美学产生了重要影响，主要以王国维、蔡元培的学说为代表。

王国维既是典型的儒家传统知识分子，同时又是勇于接受西方哲学美学的近代先驱。他借鉴康德、尼采、叔本华的美学观点，提出了著名的"境界"说，将追求艺术的幻想世界当作本体，在艺术本体中去暂时逃避人生，自身也成为西方悲观主义和传统儒家的结合体，当现实逼迫他做出选择时，他效仿屈原，以自我毁灭进行了作答。

与王国维的悲观相比，蔡元培的"以美育代宗教"学说显然积极了许多。蔡元培早年所提倡的美育是以康德美学作为理论基础，认为纯粹的美感可以破人我之见，去利害得失之心，因此可以陶冶人的性灵，使之日进于高尚的境地。他希望从宗教中抽取情感作用和情感因素来作为艺术的本质，以替代宗教，但否定"以宗教充美育"，基本上是站在儒学无神论的立场上提出"以美育代宗教"这个命题的。

王国维、蔡元培二者都追寻在审美中达到人生本体的真实，从而超越有限的物欲、利害，这正是儒学与西方美学相互渗透的结果。儒学忠实于人本主义的天性，能通过中国传统诗歌、绘画等艺术很好地体现出来。

人们在诗与画等艺术作品中既能表达对现实主义生活的热爱和迷恋，又能通过艺术来弥补道德伦理所缺乏的想象力，并且替代宗教为人们提供了充满灵性、活跃的情感。这就使人们的情感无需寄托在超自然力的东西上。这与西方人认为的，宗教才是逃避尘世天然方式的观点，有着本质上的不同。故而中国人没有统一的宗教，也能为情志找到很好的归宿。

近代西方学者也开始逐渐认识到这一点。20世纪英国美学家克莱夫·贝尔发展了康德的"美是无目的的合目的性"。进而提出"艺术与宗教都不是我们生活于其中的世俗世界，一切艺术家都属于宗教型"。将艺术与宗教看作一对双胞胎。

孔子教人自省修身，相信自身的辨别力，不再向外所求，认为道德和礼乐，是增强人自身辨别力与理性的最佳方式的观点，是超越宗教之上的。人类科技再向前发展进步几千年，精神上的最高层次也不过如此。近代西方思潮不断地被儒学吸收、改造、同化，却难以撼动儒学的根基，孔子对此早有所预见。

两对打架的小人

——善与恶、灵与肉的对立统一

人之所以不同于动物，是因为人是由身体和灵魂两部分组成的，而动物多依赖于本性。人的灵魂和肉体之间时常产生矛盾，灵魂中也存在着善与恶的对立，犹如两对打架的小人。

人性的善恶自古以来就是东西方思想家共同研究的问题，各家都有各自的学说，没有绝对的答案。

刚出生不久的婴儿，浑身赤裸双手紧握，四肢好像充满无限的力量拼命向四周伸展，无论这个婴儿长大后成为怎样性情的人，此时的他是绝对的"赤子"，善恶都与他无关。可惜人的"赤子"时期很短，用不了多久就学会了用哭闹来满足吃奶等本能的欲望，欲望越得不到满足，哭闹的越厉害，荀子的"性恶说"便由此而来。

荀子说："人之性恶，其善者伪也。"认为人的本性是恶的，善良的行为是后天人为的。人生下来就有各种欲望和趋利之心，必须通过制定法度教化、礼义引导才能使人的性情端正，并且君子和小人的本性也一致，通过学习，普通人都可以成为大禹那样的圣人，因而善良的行为是通过后天的教化塑造而成，同所处的环境有很大关系。

荀子这种观点直接影响了他的学生李斯，发明出了一套"老鼠哲学"。李斯看见粪坑里的老鼠瘦小胆怯，而米仓中的老鼠却肥硕胆大，得出周围的环境可以改变人的生存状况的结论，于是就放弃读书，投靠了秦始皇。虽然李斯在秦统一六国的过程中贡献不小，但坏事也没少做，最终落得被腰斩灭族的下场。

从李斯的例子可以看出通过后天环境的教化并不一定使人变善，且荀子忽视了人的"赤子"阶段。其"性恶"类似于西方宗教的"原罪说"，把"性善"全部归于后天环境的观点有很大的局限性。

相比之下，孔子就高明了许多，从来不就人性方面讨论善恶，将"仁"当作善恶的标准，认为一切事情违反"仁"皆为不善。孔子的"仁"与西方的"爱他"说相似，是一种大爱，非圣人难以达到。普通人的"仁"实际上是指社会方面，具体就是礼义智孝悌忠信等，以修身为根本，从而使人做事的动机纯正，达到至善的目的。

孟子作为孔子之后儒家的代表人物，继承了孔子的"性善说"，也将修身作为性善的重要因素，认为修身的目的在于发觉人本心的善，通过伦理法则的修身能够陶冶人的意志，进而以个人的"诚"推动整个社会的"善"。孟子还对人的本心进行了说明，他曾举例说人们在路上看见一个小孩掉到井里，首先第一个念头就是要救人，不管是谁家的孩子，从而证明恻隐之心人皆有之。同时每个人还都有恻隐、羞恶、是非、恭敬之心，把这些统称为良心，具体就是有仁义礼智信等的道德心，懂得什么事该做，什么事不能做，如果没人有良心就和禽兽没有什么两样。孟子的"善"实质上是教导人们如何做一个"好人",以"至善"为人生目标来获得好的福报。

明代大儒王阳明更是将善恶归为一物,认为"至善者,心之本体"。恶没有本体,只是由"心"感于物而动时,在社会中耳濡目染了不良习气,先有私欲而后有恶,问题出在"应物起念处",是私欲萌动的结果。在其一生的学术总结"四句教"中,明确提出"无善无恶心之体,有善有恶意之动,知善知恶是良知,为善去恶是格物。"继承发展了孟子的"本心",即纯粹自我,从而达到道德的完善境界,同样未把善恶对立起来看待。

总体来讲,儒家的"善"是一种包含大爱思想崇高的善,并将"善"与"德"相结合。一个人只有同时兼具善和德,才能享福,进而形成中国所特有的享当下福的人生观,与西方过于向外追求来获取某种满足的人生哲学有本质的不同。儒家享当下福的观点并非是消极的使人不求上进,而是教人自省,始终不能因外求迷失本心,以修身的方法来发现内心自我,并没有把身与心分割出来,讲究"心物一体",使心与物相感应,整体看待,这是西方人很难理解的。

西方人从生物进化论的观点来看,人是由身和心两部分组成的,先有身而后有心,也就是先有物质基础而后有精神活动,人有了内心的精神活动就会向上不断前行而获得某种满足,一旦停止前行就会感到无比空虚,因而要无限前行。犹太人就将此观点发挥得淋漓尽致,生命不停就向外追求不止,做到了真正意义上的到死方休。

印度人却刚好截然相反,完全转向人的内部探寻,将"心"以外的"物"完全抛掉,把要伺候吃喝拉撒的肉身当成累赘,只向自己内部的"心"上下功夫，达到"无我"的境界。瑜伽其实就是一种逃脱肉体世界，掌握精神力量的方法。事实上人要想完全脱离身体，摆脱外面的一切物是不可能的，心与身之间时常打架。

弗洛伊德著名的"三重人格论"把人分为"本我"、"自我"和"超我"。"本我"常指人本能的各种欲望；"自我"较为理性，有了个人意识；"超我"能够约束人的本能欲望、自我道德判断、自我规划的高级阶段。"自我"和"超我"能够管控"本我"，相当于"心"控制人本能"身"的欲望，二者不断斗争，构成了人精神层面的灵魂与身体层面本能欲望之间的矛盾冲突。

人从出生起就要伺候肉体，吃喝拉撒每天都在不停地循环往复，生老病死也是每个人必经的过程，都不由自己掌控。同时，人的社会属性决定了从出生起就要和社会发生各种关系。父母、家庭环境、国家、家乡、所处时代等同样不是由自己选择的，即使不情愿也终究是无法摆脱。能由自己选择做主的只有人的精神层面，即灵魂自由。

中国的老庄哲学是推崇人性自由的，庄子更是中国浪漫主义的先驱，他们努力想挣脱现实政治社会的种种束缚，向往人在自然情境下的原始自由，以至于后来发展出一套神仙道法，幻想神仙的生活。人如果真能成为神仙，就可以不吃不喝，无需时刻要为肉体服务，着实省了不少麻烦，能够真正的自由，这或许才是历朝历代不少士大夫阶层热衷于求仙问道的原因所在，不仅仅只是希望长生不老那么简单。

实现人的灵魂自由不能只寄托于求仙问道之中，人们终究还是要回到现实的政治社会生活中。精神层次越高的人灵魂与肉体的矛盾冲突越激烈，时常还会觉得肉体束缚了灵魂，极力想挣脱却又无可奈何，尤其是在一些艺术家身上更为明显。例如，后印象派画家高更，始终被一颗炽热的、备受折磨的灵魂所困扰，他用原始野性的表现手法试图超越肉体的躯壳，不停地去探寻心中的终极乐园，实现精神的涅槃。

民国才女作家萧红同样如此，追求灵魂自由与浪漫的她注定是以悲剧收场。从小缺爱的家庭环境使其特立独行且过于感性，完全不懂得如何在追求灵魂自由与现实生活中找到平衡点，拒绝向世俗世界妥协，渴望把自己沉浸在灵魂自由的理想世界，结果一次次地头破血流，在最好的年纪却走向肉体的毁灭，但她的灵魂精神世界却通过文学作品，在无数不同的读者心中得以延续，实现了另一种形式的永生。

灵魂与肉体之间的斗争终归谁也消灭不了谁，这就为彼此间的妥协存在了可能性。灵魂趋向内求，不再奢求脱离肉身寻求外在的永恒自由，也不再考虑灵魂的前世与未来，将灵魂与肉体结合在现实生活中，西方人将此称为灵与肉的妥协。人会随着年龄的增长逐渐地会越来越倾向于对现实妥协，其实是对自己的宽容，不想为难自己，只要踏实安稳地向前足矣。

儒家从来没把灵魂与肉体对立起来，巧妙地将灵魂包含于"心"中，提倡人与人之间的两心相通，尤其是在孝悌之间，把个体价值通过子孙的繁衍和家风的传承延续下去，将灵魂与肉体归于同一本体之中，实现了死后依然留在相同的世界，区别于西方人死后为灵魂寻找另一个世界的思想观念。

儒家将宗教与伦理进行了完美的结合，不必借助宗教就能给灵魂找到归宿，形成了中国特有的人生价值观，是真正的大智慧。

无根树的归宿

元末明初著名道人张三丰曾写过一本《无根树》词的名篇，把人比作没有根的树木，与植物一样会经历生发、繁茂、凋零的整个过程，人老了就等同于树老了，通过合理的利用精气神来达到养生的效果。

树木有根而人只有两只脚没有根，生长在地球上更为不易。人的一生谁也逃避不了"生、老、病、死"，佛学中认为物质世界无论多长的寿命也终究摆脱不了死亡和毁灭，都要经历"成、住、坏、空"四大过程。

中国历史上首次发现煤炭是在汉武帝时期，为了训练水师开凿昆明池，结果挖出来了一种发黑发亮且坚硬的奇怪东西，刚好有位从西域来的胡僧，汉武帝于是问他这是什么东西，胡僧说："此乃前劫之劫灰。"因而古代煤炭也叫"劫灰"，是上一次地球上发生大规模火山、地震等自燃现象将物质毁灭，烧成灰块，变成了煤炭，熔成浆的变成石油。"劫灰"一词非常具有哲理性，非常的贴切，只要是物质都有可能变为"劫灰"，人同样不能例外。

自古以来人类对死亡的思考从未停止过，每个人也或多或少的被这个问题所苦恼、困惑甚至感到惧怕。生死是人生最大的问题，苏格拉底认为死亡是灵魂摆脱肉体回归纯粹的精神世界，而哲学就是让人练习过灵魂不受肉体束缚的纯粹精神生活，当过惯了这种生活，到时候就能安详地面对肉体的死亡了。总结起来一句话：哲学就是预习死亡。

　　在大自然的语言里，死亡就意味着毁灭，所有的生物都逃脱不了对死亡的恐惧，有着极强的生存意欲。但人与动物不同，动物只有生存意欲，它们逃避危险无非就是为了多争取点生存时间，而人除了生存意欲还有认识力，当认识力占据上风时可以揭示生存的毫无价值，得以对抗死亡。其实一切宗教、哲学体系都是在起着消除对死亡恐惧的"解毒"目的，只不过功效略有不同而已。

　　中国传统的儒家主要是从社会生活方面教导人们修身、治学，很少去探索人的精神本源，缺少形而上方面的研究，更多的是将永恒和超越放在当下即得的时间里，使个体生死之谜溶解于时间性的人际关系和情感中，从不去追求超越时间的永恒。在儒家看来只有懂得生，才能懂得死，只要"生"是有价值和意义的，就可以"朝闻道，夕死可矣"。对待死亡就能无所谓甚至不屑一顾，更无需恐惧哀伤。

　　明代大儒王阳明也认为学问功夫最难又要紧的是看得破生死，把看破生死视为最高学问。他强调"知昼夜即知生死"，充实生，可以超越死，要把握生命的每一刻，完成自我的存养天心，即"息有养，瞬有存"，如不知道珍惜生命时光便是生亦如死。虽然有所进步，本质上还是继承了孔子"未知生，焉知死"

和孟子的"尽心则知天"的观点，同古希腊哲学对人精神本源方面的研究相比还是存在着差距。幸而屈原通过自我牺牲，把儒家对待生死、礼乐、人生的哲理态度提高到了一个新的情感高度。

屈原的死并非是后世所讥讽的"愚忠"。屈原之所以伟大，是因为他选择死亡是在仔细反思生死、咀嚼了人生价值观和现世的荒谬之后，一反传统的"明哲"古训道路，经过理智而做出的慎重抉择，是自我意识的充分呈现，绝非一时冲动。他希望以自己的血肉之躯去追问善、恶、美、丑、是与非，让这一切在死亡面前现原形，以死亡来抗衡荒谬的世界。屈原的这种情感是个体道德责任感经过内省之后的沉淀物，符合道德又超越了道德，触及到了人的心理本体，极大地扩展、丰富了儒学，使儒家的仁学传统获得了深刻的生死内容，并对中国美学产生了重要影响。

与儒家相比，道家对生命本源上的探究显得更为透彻。老子称得上是中国历史上最伟大的哲学家，他看破了两大神秘：一是天，就是宇宙；二是人，就是生命。天，宇宙，是不仁。人，生命，是刍狗。所谓"天地不仁，以万物为刍狗"。"刍狗"是草扎的狗，古代祭祀时用的，使用之前很尊敬，用完就随意扔了，一点也不吝啬，借以说明天地间的万物只是自然而生，自然而有，并没有经过主观选择，自然都会归于还灭。人生在这个世界上是做客人寄住的，如同住旅馆一样，死后就回去了。这和尧、舜、禹认为的"生者寄也，死者归也"的上古思想是一致的，人并没有死，只是肉体消亡了，对死亡看的很平常，完全超越了生死。后来有位名叫谭峭的道人写了本《化书》，把万物都当作细菌的化生，生命在宇宙中一切都是变化的，人死了叫作"物化"，只是物理自己的变化，死亡后还可以再来，循环往复，还可能

"化"成其他生物，更增加了神秘色彩。

道家的庄子同样有"方生方死，方死方生"之说。一个东西刚生下来就已经死亡了，死亡的时候却是另一个生命的开始。认为人生下来的第一天过完了，生命也就完了，第二天是第二天的生命，就是方生方死。死后又会有新的生命，好比黑夜是明天的开始，天亮是夜里的开始一样，彼此是相互联系的，与佛教中的"缘生"有相通之处。庄子还主张超越时间，在精神上与宇宙万物同游，把小我融入到宇宙的大我中，就能超越生死了。庄子哲学实质上是一种既肯定自然存在，又要求精神超越的审美哲学，不过这种境界在现实生活中很难行得通，多用于文艺和美学方面。道家的旷达思想在一定程度上补充了儒家对死亡的避开。

佛教传入中国后，对生死问题有了更加深入的研究。有位高僧说过，佛教归根到底一件事，就是为了生死。佛教不承认宇宙间由神来主宰，强调依靠自己的不断修行来彻悟人生。不同的流派都有一套针对死亡的修炼方法，能够让人在死亡来临时灵魂和肉体容易分离，摆脱恐惧，心得解脱，平静地通向往生的道路。

历史上著名的英雄人物文天祥被元军俘虏后三年不改其志，最后从容赴死，这和他学佛有很大的关系。当他被俘押送京城途中，走到半路遇到一位高人，怕他受罪，偷偷地传给他一个大光明法，可以让他在死的时候没有痛苦。文天祥到了元大都后，一天到晚坐在牢里修大光明法，早已把生死置之度外，任凭元军怎么劝降都没用，关了三年主动要求杀头，并拜谢，忽必烈只好无奈地将他处死。

大光明到底是个什么样的法，能如此神奇，至今无从知晓，很可能是出家人修行的一种解脱之道，其中一种叫做"兵解"，就是借用别人的力量把自己这个肉体给处理了，灵魂从这个躯壳中报身转化了，也就不存在痛苦了。在西藏密宗中，临终者要修习一种叫颇瓦法的法门，通过宽恕和得到宽恕，净化过去行为的黑暗，清洗自己的心灵，不留下丝毫仇恨或怀恨的痕迹，可以平静地准备踏上死亡的旅程。

密宗把一切事物基本的、本具的性质称为"地明光"或"母明光"，也是在人们心中生起的念头和情绪的本性。在死亡的刹那，地明光会放大光明，消除一切恶业和业障，使念头和情绪自我解脱。颇瓦法在藏文中的意思是意识的转换，其实更是最深层次的禅定，文天祥的大光明法或许是同样的道理。

佛教还通过"轮回"也叫"灵魂转生"来摆脱生死的迷惑。所谓"因果通三世"，现世的生命结束后，还会通过投胎承载新的生命，并且投胎成何种生命是可以选择的。佛家认为"有情世界"可分为地狱、饿鬼、畜生、人、阿修罗、天六道，三善道，三恶道，积德行善就会上升为善道，愤怒、贪婪、愚痴就会下坠为恶道，投生到哪一道由现世的业报所决定。

如果真的有轮回，那么为什么很少有人能记得前世的情境？在《伊尔的神话》中，柏拉图解释了为什么人转世后没有记忆。伊尔是一名士兵，战死沙场后死而复生。当他"死去"时，有种神秘的力量命令他复苏过来，好把死后的情况告诉他人。很多人都被集中在"失念河"边，河水无法用任何器皿装，每个人都被要求喝这种水，喝后便忘掉一切，和孟婆汤一个效果。伊尔被禁止喝水，醒来后发现自己躺在火葬场的柴堆上，仍然记得所有的事情。轮回说不只是东方宗教才有的信仰。

还有一种验证轮回可能性的方法，就是对濒死经验的研究。

因为谁都没有死亡的经验，有些人认为人死了什么都没有了，有些人认为人死后还会有某种东西存在，都无法证明，对濒死经验的研究就显得尤为重要。现代医学的发展进步使许多人从危重情况下获得新生，总结各种从死亡边缘活过来人的体验或许可以探究死亡的秘密。

根据一九八二年一项权威性的盖洛普民意测验显示，在美国至少有过一次濒死经验的人数高达八百万，占当时美国人口总数的百分之五。经统计，没有两个人的濒死经验是完全相同的，但都会感到自己的灵魂与肉体相分离，意识仍非常清晰，能够看到周围的景象，却已无法和他人交流，在漫无涯际的空间漂浮，然后迅速通过一个隧道，有的人会看到他们活着时做过的一切，回顾生命，有的人碰到过世的亲友，他们被告知要回到自己原来的肉体，肩负起未完成的使命或任务。不管是否信仰宗教，许多经历过濒死体验的人都会选择过与以前不一样的生活。

西藏地区把这种经历过濒死经验的人称为"回阳人"。在藏传佛教《中阴闻教得度》里所说的中阴教法，就与濒死经验相同。"中阴"是死亡与再生之间的过渡阶段，也叫"中有"，中阴身脱离了肉体，能自由移动，可人们摸不着，接触不到，英国有位科学家把这种脱离物质身体的现象叫做"超等的电磁波"，认为是客观存在的。

中国人死后要"做七"，因为佛教中认为中阴身七天一个变化，七天一个生死，最多活到四十九天，就转另一个生命了，所以"做七"要做七次。不论是否信奉佛教，大家都是这么做的，已融入成为中华文化的一部分。

由此可见，佛教所说的轮回和灵魂转生实质上是一种奇特的、建立在道德基础上的重生学说。叔本华认为灵魂转生并非包括整个"灵魂"，转生的"灵魂"只与意欲有关。因为人的智力依赖机体生命，随着脑髓的消亡，智力以及与智力一道的客观世界、智力表象也消亡了，后经新的受孕从母体获得与之相称的智力。而意欲本身没有尽头也没有开始，通过死亡，意欲可以把原先的个体性和记忆甩掉，这就是阴间的忘河和孟婆汤，然后意欲再配备新的智力，从而出现另一新的生命存在。

灵魂转生学说在基督教中被人的原罪学说所取代，亦即为他人赎罪。两种学说都把现在的人和以前曾经存在过的人视为同一，只不过原罪学说是间接的。一个是否把死亡视为人的毁灭，直接影响到这个人对待他人的态度，相信这两种学说的人会认为人与人之间是相互关联的，不会把他人视为绝对非我的东西，对人的道德影响巨大。

宗教上对人生前和死后另有存在的观点在哲学体系中只有康德的时间观念可以相比较，都是在试图解答我们存在的时间与我们不在的时间之间的关系，最终目的都是为了我们不再为不存在而感到悲哀，并以此打消对死亡的恐惧。

古罗马帝国皇帝、哲学家马克·奥勒留写过一本《沉思录》，书中把死亡视为不过是自然的一种运转，是一件有利于自然之目的的事情，同时认为人应该经常用终有一死的眼光来看待事物，周围的一切就会变的不同。

这种现世的观点对于普通大众来讲显然更好理解和接受，也易于平静、柔和的迎接死亡。如果真能从必有一死的角度出发，规划自己的人生，让有限的生命活出最大的意义，实现人生价值，足矣。

小议教育即生活

法国著名哲学家卢梭提出过一种观点，认为"教育就是生长，生长本身就是目的"。强调让受教育者的精神禀赋得到很好的生长，将来能够成为人性上优秀的人，而不是另外再去设定一个具体的目标。美国教育家杜威也曾指出教育是生活的过程，而不是将来生活的准备。

谈到教育的目的，有人认为是为了以后更好地适应社会，有份好的职业，成为他人眼中的成功者，这些都是从功利实用主义的角度出发的。现在的孩子从小学开始压力就非常大，除了学校老师布置的作业外，还有各种辅导班，周末、假期都被填满了，几乎没有休息的时间，家长都担心孩子输在起跑线上，学习目的主要为了应试和升学，最终获得好的工作机会，得以名利双收。一旦这个目标实现有困难，还会通过继续向上考试的方式去实现，学习知识不过是手段，而不是目的。

叔本华曾说，"除非是被饥饿、困苦所迫、或者受到其他贪欲的刺激和推动，否则，一个人是不会认真从事某一样事情的。"能把求知当成学习的直接目的，要么是伟大人物，要么是业余爱好者，这也是为什么有些业余爱好者比专业人士还具有更高水平的原因所在。即便把知识当成手段，也不能只为生存而学习。动物不学习也可以生存，学习不可能只是为了生存。通过学习得到好的工作岗位只能是低层次的成功。

古罗马哲学家西塞罗认为教育的目的是要让受教育者摆脱现实的奴役，而不是单纯的适应现实。人类之所以被称为"万物之灵"，是因为人有精神属性。古希腊哲学家亚里士多德把人的精神属性看作人身上最高贵、最神圣的部分，是人身上的神性，享受精神属性就是在过神的生活，是人的最高幸福。在物质生活有了基本的保障后，人的幸福感主要取决于精神生活，精神属性才是人类特有的高级属性。

如今，孩子从小的生活都被繁重的功课所占据，很少有自己能支配的自由时间，儿童成长阶段中自身精神属性方面的成长被长期忽视，内心压抑的阴影在小时候就留下了。到了高中学校变成了"高考工厂"，学生在流水线上被加工成一台台标准的答题机器，人性方面的教育更无从谈起。现代人普遍缺乏安全感，跟学生时代精神属性生长的缺失有很大的关系，尤其是人的独立精神和自由思想。

马克思也认为，只有当人不是为了制造和获取物质财富而活动，而是为了发展和享受自己的精神能力而活动之时，人才不是作为动物，而是真正作为人在生活。他同时认为，资本主义社会生产力已经很高了，因为物质生产资料掌握在少数资本家手里，多数人不得不为谋生而工作，人的活动被贬低成维持肉体生存的手段，所以必须消灭私有制、消灭阶级、建立共产主义社会，从而实现自由王国，让所有人都能充分享受精神属性，过上高层次的生活。由此可见，马克思非常重视人的精神属性。

只有精神上优秀、丰富、高贵的人才更容易获得幸福，只以物质为幸福前提人是很难获得幸福的，因为物质欲望是永远无法满足，越追求物质欲望反而精神上越空虚。西方美学上的"荒诞"就与私有制社会造成的劳动异化、人性异化、人与人关系的异化密切相关。人们在物质欲望的重压下失去了"立足感"和"安全感"，导致"自我丧失感"，动摇了对美、对未来的信念，精神上的无所寄托加剧了资本主义社会的精神危机。因而，人生的幸福离不开精神方面的成长，中国几千年来教育对此同样有所缺失。

中国教育观念很大程度上来自古代"重男轻女"的思想。孟子说过："不孝有三，无后为大。"没有后代被视为最大的不孝，而其中另一种不孝却很少有人知道，就是"家贫亲老，不为禄仕。"自唐太宗根据隋朝取士方式，创立了考试制度后，要想选择走读书考取功名这条路，就必须从小"三更灯火五更鸡"，埋头苦读，希望有一天能够金榜题名。问题是既然选择一心读书，就不可能再去做其他谋生的职业，苦读几十年要是始终没能考取功名作上官，连自己都无法养活，更别说养活父母了。

如此一来，读书的目的就是为了当官，成为官员不但可以得到国家俸禄，衣食无忧，还能够"光耀门楣"，读书是最好的出路，但这要建立在考取功名的基础上。很多读书人日夜苦读，直到年老连个秀才也没考上的大有人在，白白耗费了一生的光阴，实在可悲。

到了清末民初，随着政府公派留学生和西方思想的传入，新式学校逐渐建立起来，除了各地的公办大学外，还出现了由教会和私人创办的大学，并涌现了以师范学校为代表的大量职业专科学校，西方的教育方法和观念逐渐被认可接受，而主体上仍然采取"国学为主，西学为用"的教学方法。

由于当时中国在科学技术方面的全面落后，西方自然科学被引入，却长期以来忽视了对西方人文科学的研究和学习。陈独秀意识到了这一点，他在《新青年》上宣称的"科学与民主"中的科学其实着重于社会科学，而不是通常认为的自然科学，遗憾未能引起足够的重视。

西方的自然科学和人文科学未能同时引入使得中国教育处在一个半中半西的尴尬局面。中国传统的教育思想是以儒家学说为核心，两千多年来的教育都以四书五经为中心，在孩子幼小时，即使不懂文章含义也要对其进行强制记忆，认为等长大了这些根植在脑海深处的知识随着阅历的增长会进行"反哺"教育，从而使人的智慧得到生长，本质上也是一种启智教育。而现在的教育多是传授知识和技能，大学生的培养模式逐渐转变为以应用型人才为主，传统文化更是被割裂成了各种考点，越来越少人会去探究原文真正的含义。虽然生存能力是提高了，可知识技能并非是智慧，也非学问，精神层面教育的缺失使得很多人都有严重的心理问题，一切都以考试和赚钱为目标，稍不能如愿就会陷入非常痛苦的境地，常常难以自拔。

儒家思想更多的是从社会生活方面来规范教导人们的言行，很少去探究人性的本源问题，其他各家学派虽然有所涉及，但未能展开去讨论，西方人文主义科学尤其是古希腊哲学能为我们很好的补上这一课，让我们认识到了精神属性的重要性。人只有享受了自己的精神属性，才会拥有幸福，才会真正地懂得生活。

每个人的价值观不同，对幸福的理解也不尽相同，一个人性上优秀的人拥有幸福的几率会大得多，能够站在更高的层次去看待周围的事物，发现更高的自我。成功的教育可以教会人们如何更幸福的生活并拥有幸福的能力，正如卢梭所认为的教育是为了让人的各方面得到生长，而不是仅仅为了生存，教育即生活改成教育即生长也许更为合适。

汉字的生命性与信息化设计

汉字是中国传统视觉设计的核心。在中国的传统设计中，各种视觉设计都或多或少地使用汉字作为基本元素，很少使用单纯的图形。

长期以来中国对"艺术设计"的研究一般比较注重于样式、工艺以及传承的关系，比较缺乏从人文角度进行综合比较，对于样式背后的思维模式是什么却很少提及。艺术设计在表现内容的时候离不开思维、文化模式作为支撑，现代艺术设计更是如此。苏珊·朗格将艺术定义为"人类情感的符号形式的创造"。从这一理论出发，可以得出艺术创造应当表现"生命的逻辑形式"，汉字是最具有生命逻辑情感的文字。

汉字的生命性

一、汉字与"气"

象形性即反映自然的造型，汉字不仅反映自然的造型，而且还是具有深奥构成原理的文字，具有生命性。

例如汉字中的"气"字，在甲骨文中以三根水平线表示，上下两根线长，中间一根短，分别代表了天气、地气以及中间运动的气流。金文则将上面横线的左上端上翘，下面横线右端下垂，代表气流运动的方向，形成了我们今天"气"字的雏形。

"气"即充溢在天地自然之间清澄的气流，也是天地万物活力的根源。宋元时期，流动的阴阳之气被图式化，成为著名的太极图。太极图的最伟大之处就是不把阴阳看成相互对立的独立之物，阳在不知不觉中被阴吸收，阴也被阳吞掉，并且在阳的核心位置有一个阴的眼，阴的核心位置也同样有一个阳的眼，将对极的力量纳入各自的中心，互为需要，互相吸纳，形成循环往复，永无止境的流动旋涡。

汉字正是蕴含咒力、"灵"力呈漩涡状的字。古人认为，那些一刀两断的造型是没有生命的，只有漩涡叠起、沸腾的造型才是孕育生命、有生机的造型。早在商周时期的青铜器上，就有象征闪电的锐角漩涡雷纹，"神"字的右边"申"字，其古法造型就是由右旋和左旋两个漩涡联结起来漩涡纹，代表着上天无形的神力，进而发现可以化育为孕育生命宇宙呼吸的"气"流纹样的漩涡纹。

人体内也蕴含着各种漩涡纹。外在的如头顶的旋儿和指纹，体毛的走向等。内在的如精巧的耳蜗，蛇形旋转的肠道，向上翻卷把心脏包裹起来的肌肉，遗传基因的旋转等。"气"也遍布人体，被人体吸入的"气"通过脉络送往身体的各个角落，印度的瑜伽术、道家的导引术都是通过"气"的修行激发身体内潜藏的活力，在消化系统和神经系统形成两大漩涡。消化系统的漩涡属阴，由口腔流向肠道，神经系统的漩涡属阳，通过脊椎的骨髓到大脑。两个漩涡一升一降，相互交融，共同组成统一的人的身体。

二、汉字中线的造型性

从直观的显性视觉上讲，汉字是由抽象的线构成，从隐性上讲是通过人体的跃动表现出来的生命体。人身体的运动产生线，从早期人类创造的各种文字和记号来可以发现，自古以来"线"或"线状物"就是表现的主角，"面"状表现在文字产生初期不久便销声匿迹了，绘画文字开始转向笔记文字。毛笔的发明使汉字的线具有丰富的表现力，尤其是草书文字，常常一气呵成，文字正像一笔写成的一条线，但着条线是不断变化的。线条的外轮廓时而利落，时而圆润舒缓，在书写的过程中手和腰甚至全身都共同运动，下笔的轻重缓急影响着线的质感，在笔的速度与力度的共同作用下表现线条的神采和气韵，是一种经过长期历练水到渠成的自然法则，因而线条生暗含人的情感。

汉字在整体上属于"方框字"，"方框"中的"米"字格如同力的磁场，各种"力"从中心向四周发散，同时又寻求相互之间各种力量的平衡，产生一种静态而稳固的结构美。汉字的最大魅力就在于它的延展可变性，历朝历代许多书法名家并不把汉字局限在"方框"内，在原本方体字的基础上加以拉伸、弯曲变形，但依然保持原有的平衡感。

现代设计可以将字体在电脑软件上根据自己想要的效果随意变形，但问题是设计师不是书法家，任意改变汉字造型势必会造成汉字脱离"方框"这个骨架，导致字体中"力"的失衡。

清华美院的陈楠老师提出"格律设计"很好地解决了"骨架"问题。他认为，在构成设计中，不论是看似非常有秩序、有逻辑的排列组合，还是混乱无序、无规律的形的放置，都能从中找出它们的构成方式，这种决定性的构成和连接方式即为格律、骨骼。

例如，中国的古琴琴谱是一种特殊的汉字减字乐谱，它是将汉字的笔画进行了重新的解构、组合，在保留汉字"骨架"的同时又巧妙地包含了指法、音高信息。经研究发现，古琴琴谱虽然是一种"再造"文字，它的重心、比例却与汉字无异，上下比例为3：5，左右比例为2：3，与唐朝以来楷书"上紧下松""左小右大"的原则相一致。减字乐谱格律的确定为古琴琴谱的排版印刷和艺术设计提供了造型基础。

汉字的信息化设计

二十一世纪是被生命科学和信息技术主导的时代，广义上所谓的传达设计实际上就是信息设计，几乎所有的信息技术从事的都是传达设计。随着数字技术的发展，视觉传达也并不仅仅指的是以电脑为工具的视觉设计，而是通过电脑和信息技术拓展人的视觉，探究人的感觉究竟能扩张到什么程度，并以信息视觉化的方式来探索信息的表现力，提高信息传达的效率。

科学技术的发展，信息传达方式的改变，使得艺术与科学结合的越来越密切，新媒介、数字技术、人工智能、改变着传统的设计思维和表现方法，设计师不得不转型为"跨学科设计师"，"参数化设计"应运而生。

"参数化设计"是基于复杂性科学理论基础的分形几何学在设计中的应用，它是信息时代一系列科学、技术手段飞速发展并深刻影响设计之后形成的一种必然的设计风格与设计语言，最初在建筑设计领域最为引人注目，现已形成流行趋势。

在传统的艺术设计过程中，设计师通过对自然物的提炼归纳得到想要的设计形态，而"参数化设计"强调的是参数化的设计过程和复杂自然形态的设计结果。越来越多的字体、符号、图形、编排都迷恋于网格的分割与随机选取分割，参数化模板甚至可以整合数名著名设计师的设计风格，可以使素材迅速依据暗藏在参数化网络所属设计师的风格编排出数百幅甚至更多的可能性设计方案，为更多非设计专业的普通大众参与设计提供了广阔空间。

陈楠老师创造性地将"参数化设计"引入到视觉传达设计，联合工业设计、空间设计、软件设计的专业人员共同开发出了一套甲骨文字体应用系统，使甲骨文字体建立在一个经过设计整合的网格状母图之上，充分考虑到了表现繁简不同文字的可能性，只要输入汉字，系统就会自动将汉字拆解成若干象形字文字组，还可以手动干预个别文字的大小、动态等，最终结果显得更加动态化。

数字技术和新媒介的发展，也使汉字设计的动态化拥有了更多的表现方式，建立在粒子基础上的流体技术使成千上万的粒子经过网格化构成了最终的流体效果。流体由于没有固定的形状，常常利用制作河流、云、雾的形状，还可以制作汉字的水墨效果，使书法飞舞奔放的气势变为动态影像，甚至可以单独制作如破碎字体等多维动态字体，极大地拓展了汉字的表现空间，汉字的设计方法和传播方式正发生着巨大的改变。

中国的汉字是建立在象形基础上的绘画文字，后来才发展成根据不同的书写工具特征的线性文字。从最早的彩陶、甲骨文、青铜铭文、竹木简牍的书写，进而到纸张的发明、雕版印刷术的出现、现代印刷术的应用，到今天的数字化表现，汉字早已超越了作为语言载体的界限，成功地将其深刻的文化性、独特的审美运用于使用功能之中，成为现代仍在使用的唯一古文字。

　　新媒体技术改变了汉字的设计和传播方式，汉字已经作为一种符号进入到数据传输的"参数化设计"，AR 技术的发展使虚拟互动字体场景的实现成为可能，汉字设计由静态转向动态，由视觉转向听觉、触觉，大众的互动参与也使设计者与欣赏着的界限变得更加模糊，彻底改变了汉字的设计观念，汉字设计被赋予新的意义和挑战。

史海随笔

求阙集

孔子也幽默

幽默是一种对生活哲学式的态度，有研究表明与烦琐的日常生活距离越远的人幽默感越强，因而男人通常比女人更具有幽默感。依此说法，被尊为圣人的孔夫子应是富有幽默感之人。《论语》中也确实记录了许多孔子幽默有趣的事情，并不是人们通常所认为的古板、迂腐、不通人情的老夫子形象。

儒家思想自魏晋以后逐渐没落，直至宋朝程朱理学的兴起儒家才又兴盛起来，被称为新儒学。朱元璋建国后非常推崇朱熹，儒家思想就以朱熹的注解为正统，具有绝对的权威。孔子也被宋儒为代表的人们塑造成高不可攀、毫无瑕疵的圣人，这也为五四运动中"打倒孔家店"埋下了伏笔，孔子成了禁锢人们思想，腐朽落后的代言人，实在是太过冤枉。

《论语》是孔门弟子记录孔子言行的书，包含了孔子生活的各个方面，其中就有不少趣事可看到孔子幽默可爱。

有次孔子到了武城这个地方，他的学生子游是此地的首长，当孔子听到子游的弦歌之声就笑曰："割鸡焉用牛刀。"潜台词是子游这人真是搞笑，在如此小的地方用这种高等的教育来教化百姓，等于杀鸡用了宰牛刀。子游听说后就来质问孔子：您以前教育我们君子学道后能增加胸怀，更加爱人。小人物更需要教育，这样指挥起来就更加方便，不仅自己好，对别人也好，这些都是您教育我的啊。孔子听后有些尴尬，只好说子游的话是对的，我刚才是开玩笑的了。孔子也是人，说出的话也不都是真理，偶尔也有说话不经意的时候，只得用玩笑来掩盖，有着非常可爱的一面。

孔子和普通人一样也有处境窘困的时候，在《论语·阳货》中，就被一个叫阳货的人逼问的无言以对。阳货也是鲁国人，长得很像孔子，但此人名声不太好，做过不少坏事。孔子落难被困在陈蔡之间时，就曾被人误认为是阳货，将他包围起来差点没了性命。阳货想要见孔子，孔子都找借口推掉了，阳货就在孔子家门口留下一只火腿走了，火腿在那个时候是很高大上的礼物，表明你虽然不愿意见我但我对你依然敬重，等于是将了孔子一军。孔子只好让学生事先打探一下阳货的行踪，想趁其不在家的时候回拜一次才不失礼节。不料，在半路恰巧碰到阳货，不但没法躲，还接连被阳货问了三个问题，都很让孔子难堪。第一个问题，阳货问孔子有一个人很有才能，就像是袋子里有宝贝一样，可眼见自己的国家有难却袖手旁观，这样的人是仁者吗？孔子明知道是说自己却又没法反驳，只得说这不是仁者。接着又问孔子第二个问题，一个人遇到好的做事的机会，自己也有这方面的能力，可就是不去做事，这人算是有智慧吗？孔子硬着头皮回答到这是不对的。第三个问题阳货更咄咄逼人，说日月每天都在不停地运转，时光飞逝，人也是如此，等年龄大了想救国也没精力了，不可能永远年轻。阳货把孔子逼得没办法了，最后说："诺，吾将仕矣。"意思是我快出来做事情了。

孔子一直以来被人们认为是无所不知的智者，却被阳货逼问的恨不得钻入地缝，说明阳货此人虽然人品不行，能提出三个这么有水平的问题也并非是等闲之辈。再说了与孔圣人有着相同面相的人，又怎么可能是一般人呢。

孔子虽然没有直接反驳阳货的观点，但并不表示完全认同，简单的回答是或者不是，孔子都没法将自己的意思表达清楚。孔子如果赞同阳货的观点就要出来做官，虽然有地位有财富，真正的实权永远不会掌握在自己手中，个人的力量对整个国家的贡献是有限的，当时的社会环境很有可能会沦落为和阳货一样的人，这是孔子所不能接受的。当然，阳货之流也永远认识不到孔子努力游走在各国之间积极推行仁政的意义，境界不同决定了高度的不同，这也是孔子宁愿吃哑巴亏也不愿解释的原因，对孔子来说丢了面子又何妨。

《论语》中还记录了一件孔子表现比较奇怪的事。一天有个叫孺悲的人来见孔子，孔子谎称自己生病了，没有见他。然而孺悲刚要出门，孔子就拿起瑟来弹奏，并且还唱歌，故意让他听见。这就好比现今去朋友家拜访，敲了半天门没人开，结果里面的人还故意把电视声音调很大让你听见，孺悲的感受可想而知。宋儒认为孔子可能对孺悲这个人有成见，故意唱歌让他知道自己其实在里面并没有生病，这与我们现在为人处世的理解是一样的。从孔子与阳货的故事中可以看出孔子并非不通人情世故，以孔子的智慧和胸怀不可能因为看不上孺悲就故意恶心他，这种解释很难有说服力。南怀瑾先生对此有另一种解读，认为孺悲独自来求见他主要目的是想向孔子请教学问，孔子托病不见却仍让他知道自己故意的，是想让孺悲明白真正的学问并不在于单独讨论，平时的生活中自己已经教过了，来拜访是没有意义的。这可以从孔鲤的例子来印证。

孔鲤是孔子的儿子，孔子的学生们认为老师在私下里肯定不少给他传授学问，就经常向孔鲤请教，孔鲤马上澄清质疑，表示自己和大家所学完全一样，并没有什么特别的。由此可见，孔子注重日常的言传身教，连自己的儿子都不肯私下传授学问，何况是其他人。孔子不过用一种比较幽默的方式告诉孺悲自己的良苦用心，只是不知孺悲是否具有颜回那般悟性能理解孔夫子的良苦用心。

每个人都有喜怒哀乐，孔子同样也会骂人，而且很直接。骂弟子冉求"非吾徒也。小子鸣鼓而攻之可也"。等于是把冉求逐出师门，人人可以攻之，孔子不是一般的生气。由于当时的鲁国是季氏家族在掌握实权，把国家弄得乌烟瘴气，孔子不愿替他们做事，也不允许弟子们去，而冉求不仅做了季氏的大管家，还帮他们敛财，于是忍不住破口大骂。

孔子还骂原壤"老而不死是为贼"。这句话经常被人们议论，认为孔子不尊重老年人，其实古文不能仅从字面上去解释，通常要结合时代背景和语境来理解，如同现在有人简单地把"唯女子与小人为难养也"中的"小人"解释为小孩的意思，还在媒体上广为传播，实在是对大众有所误导。孔子看不上一个人到老了手脚都还能动，却什么都不愿做，混吃等死，认为人老了也要有所作为，不能活的没有价值。可惜孔子离我们太远，后人怎么解释真由不得他了。

从古到今《论语》有许多不同的版本，里面内容的解释也不尽相同。尤其是汉朝时董仲舒在儒学中加入神秘主义色彩，儒学被神学化，还试图将儒学改造为宗教性的学说运动，遮盖了儒学的原本面目。宋代以来儒学又主要以大儒朱熹注释的版本为正统，朱熹生活的年代与孔子相隔久远，加上儒家思想又长期没落，不可能完全了解孔子所处的时代背景，所作的注解在当时就遭到不少学者反对，也没成为主流思想。直到明朝八股考试将他的注释作为考试标准，朱熹才真正成为了孔子的代言人，结果把孔子塑造成为高大全的圣人形象，集专制、禁欲、等级主义于一身，人情味从此消失，成了中国文化的代言人。其实正如李大钊所讲，在"五四运动"中"打倒孔家店"主要是指宋儒长期以来塑造的孔子形象，并非孔子本身。

现今孔子依然总是被代言。笔者有次坐长途汽车，发现旁边有个人居然认真的捧着本《论语》在看，刚想与其攀谈几句，无意间瞥见此书封面上竟然印着孔子著三个醒目的大字，真不知道《论语》后半部分所记载的孔子去世以后，学生子张与子夏对孔门思想的争论此书该如何解释，印书的人真是比孔子还幽默啊。

问利而言仁义

——孟子的"王道"

无论小到个人还是大到一个国家，都常常围绕一个"利"字。"熙熙攘攘皆为利"，人们都希望用最短的时间获得利益的最大化，不仅是普通人，古代的君王也是如此。被称为"亚圣"的孟子就曾被当时的梁惠王问到了此问题。

在《孟子·梁惠王章句上》中记载：孟子见梁惠王。王曰："叟，不远千里而来，亦将有以利吾国乎？"梁惠王一见孟子首先就问你这么远来到我们国家，能给我们带来什么利益吗？并且前面加了一个"叟"字，古时候称呼读书人至少要叫声先生，"叟"字说不好听点就是老头儿的意思，显然没把孟子放在眼里。于是孟子对曰："王何必曰利？亦有仁义而已矣。"意思是说："您何必只图目前的利益？其实只有仁义才是永恒的大利。"孟子劝说梁惠王要把目光放长远一点，实行仁政，获得的将是意想不到的大利益，他担心梁惠王不明白又接着举例："王曰何以利吾国，大夫曰何以利吾家，士庶人曰何以利吾身。上下交征利，而国危矣。"如果都像梁惠王您一样治理国家只以急功近利为目的，那么那些大臣们也只顾全自己的家族利益，影响到普通的国民也只为自身的利益打算，整个国家都变成争利为生活的重心，这样国家就危险了。孟子最后劝梁惠王实行仁政，推行仁义之道，因为有仁爱之心的人绝对不会抛弃自己的近亲，真讲义气的人也不会有背叛的可能，人们就不会唯利是图，纵使富国强兵也都是小利，实行仁义才是根本，对国家的发展将会带来大的利益。可惜梁惠王并未听进去。

孟子一直劝说梁惠王实行仁义之道，是种长远的大利，但当时的战国时代各诸侯国都是为了生存而战，就好比一个人连第二天的饭都没着落，生存都没保障，你却跟他将仁义，怎能听得进去，这也是孟子后来所说的"非不能也，是不为也"。

孟子所处的战国正是诸侯割据，弱肉强食的时代，氏族制度在战国时期已经彻底的破坏，于是孟子将孔子仅限于个人品德修养范围的原理推广到政治和治理国家的范围，提出了"仁政王道"，希望统治者能认识到自己的"不忍人之心"，从而实行"不忍人之政"，以人心维护统治这一观念。

孟子还提出著名的"四端"说来进一步解释"不忍人之心"。即"恻隐之心，仁之端也；羞恶之心，义之端也；辞让之心，礼之端也；是非之心，智之端也。人之有是四端也，犹其有四体也。"就是说仁、义、礼、智四者，人在先天中已具有。因而孟子是先天良心论者，强调人与禽兽之分别在于人能具有和发扬内在的道德自觉，通过学习可以扩展人性的善，最终达到"人皆可以为尧舜"的境界。

在中国传统儒家政治哲学中，国家是一种道德体制，国家的领袖也应当是社会的道德领袖，只有圣人才能成为真正的君主。如果圣人成为国君，他的统治便可称为"王道"。"王道"与

"霸道"不同，是靠道德教化来贯彻的，而"霸道"则以武力等强制手段推行。在《孟子·公孙丑上》中孟子说："以力假仁者霸，霸必有大国；以德行仁者王，王不待大。汤以七十里，文王以百里。以力服人者，非心服也，力不赡也；以德服人者，中心悦而诚服也，如七十子之服孔子也。"孟子的这段话在后来的秦国身上得到了印证。

秦国在战国时代比较特殊，它不同于其他六国，主要是秦国地理位置和西戎相邻，文化上并没有贵族传统，还多少受到些少数民族影响，比较野蛮落后，商鞅推行的严刑峻法恰好与之相符，使秦国的中央集权得到加强，进而横扫六国。

秦国统一六国的战争可以看作中央集权的帝制对腐朽王制的胜利，但是秦国只是消灭了六国贵族所建立的政权，并没有将先前受周天子分封过的六国贵族阶层消灭干净，尽管他们的身份和权利被剥夺，可他们的政治立场却从未改变过。当秦始皇去世后，六国贵族势力看到反秦大势已具备，纷纷效仿陈胜吴广揭竿而起，六国贵族中除燕国外全部复出，项梁、项羽叔侄就是实力最强的楚国贵族势力的实际掌控者，张良也是韩国的落魄贵族，秦国最后还是没能逃过"亡秦必楚"的命运，"霸道"终不能长久。

可悲的是，项羽在占领咸阳后依然没能吸取秦亡的教训，大肆烧杀抢掠，反倒是流氓出身的刘邦展现出仁义之师的风范，秋毫不犯的主动让出咸阳，最终建立西汉帝国。历史的经验证明只有仁义之师才能取得最终的胜利。

北宋初期有位著名的仁将叫曹彬，以爱民爱兵著称。有一次，他有位下属犯错，需要用杖刑，可是过了一年曹彬才对他进行杖责，大家不明白为什么这样做，曹彬说："我听人讲过那个吏员犯罪时刚新婚不久，如果对他用刑，他的父母一定会认为是新媳妇的八字不对带来的灾难，从而对她加以虐待，使她蒙受冤屈无法存身。我把此事缓期执行，既不影响他的家庭，也维护了法律的尊严。"众人听后都佩服他的见解，更佩服他对下属的体谅。曹彬不仅对自己的军队实行仁义之道，对于敌人也是同样如此，从不错杀一人。在他率兵攻下南唐都城南京时，命令部队不准烧杀掳掠，对南唐后主李煜更要以礼相待，并且还专门为李煜准备了一百条船，给他三天时间清点人员和收拾财物，连卫兵都不派一个去监视，这就是仁义之师的风范。历史上被攻占的都城多遭到屠戮，要不是遇到曹彬这样的仁将李煜的诗词可能会更加凄惨。

孟子的"王道"在曹彬身上得以很好地展现。因为照孟子看来，"王道"离不开人的本性，是一种向内求的心理情感，"仁"是怜悯之心的发展结果，实行仁爱就是"推己及人"，极大地扩展了"忠恕之道"，是"治国平天下"的基础。

孟子还对邹穆公说过："君行仁政，斯民亲其上，死其长矣。"从此以后如果实行仁政，爱护老百姓，老百姓当然也就敬爱他们的长官，当长官有难的时候，他们当然就会拼死命去保护救助了。总之，孟子着重"君子"对多数"小人"怀有恻隐之心，不坚持本身的私利，将怜悯归于人类的本性。

在《孟子·告子上》中孟子说人的本性"此天之所与我者"。意思是说知道了人的本性也就知道了天道。懂得"王道"，天道其实也并没有人们想象的那么神秘。

阴柔非阴谋

自汉明帝时佛教传入中国以来，中国便形成了"儒、释、道"三家相互融合的文化。在日常的待人接物中经常是"内用黄老，外示儒术"，用的其实是道家的思想，表现出来的却是像传统的儒家思想，我们自己也很难意识到。如南怀瑾先生所说"儒家好比是粮店，每个人都不可或缺；佛家好比是百货商店，寻找各自需要的东西；而道家是药店，平常看似没什么用，生病的时候就离不了。

道家的核心思想都来源于老子的《道德经》，只有区区五千言，还是老子在西出函谷关的时候被迫留下的"买路钱"，自己也从未想过要创立什么教派，没想到到了唐代就被李家王朝认祖归宗，莫名其妙的当上了"教主"，道教也成了唐朝的国教盛极一时。

道家与道教其实并不是一回事。道家哲学教导人顺乎自然，而道教的宗旨是教导人们长生术，二者内涵不同，甚至有相互矛盾的地方。总体而言，道家是一种哲学，道教可以归为宗教。

道家自老子以后大概分成了黄老之术和老庄之学两派。黄老之术经自身改造后衍生出了道教，汉魏之后以魏伯阳、张道陵为代表的神仙丹道派，把老子的思想单纯地归到个人修养"精、气、神"上去，炼丹、画符、持咒，教人呼吸吐纳以养气，道教开始逐渐形成多种流派。黄老之术既具有政治思想又具有哲学思想，更早地被统治者接受，老庄之学出现较晚，大概在汉末才形成。

黄老之术体系庞大，包含政治、哲学、宗教等各个领域，主张顺其自然，即不用刚强，不勉强而为，做事讲究顺势而来，不逆道而行，阴柔而不阴谋。

帮助刘邦奠定四百年基业的功臣陈平深受黄老之学的影响，也算是位道家人物，为刘邦六出奇计，如离间项羽、范增；联齐灭楚；计擒韩信；解白登之围等。自从投奔刘邦后，虽出的谋略不多，却几乎每次都能在关键时候挽救大汉，功劳不在韩信、萧何、张良之下。在刘邦去世后，还能及时揣摩出吕后的心思，不顾右丞相王陵的坚决反对，力荐吕后的侄子吕台、吕产统领南北军，消除了吕后对功臣集团的芥蒂，处世非常圆滑，深谙官场"潜规则"。

纵观陈平的一生，不论侍奉项羽、刘邦、吕后、刘恒都能游刃有余，究其原因，无非是陈平始终将利益摆在最高位，至于道义等只能靠边站了。尤其是他支持吕氏家族势力当政后，一直担心吕后过世后自己被当成亲吕派消灭掉，被迫主动出击结交与自己向来不和的太尉周勃，使功臣集团始终保有政治影响力。后来二人联手平定诸吕叛乱，扶植刘恒上位，陈平又审时度势，主动让位给周勃，自己整天不上朝。周勃是武将出身，资历老但文化水平不高，当刘恒问已身为丞相的周勃全国一年要审多少案子，一年全国的钱粮收支等情况时，周勃傻眼了，只能回答不知道。问到陈平时，陈平将这些具体问题一股脑全推给专职管理人员，说丞相只负责管理群臣就好。刘恒对陈平的回答很满意，周勃却备受打击，没多久就主动辞去右丞相的职位解甲归田养了去了，陈平依旧是官场上的"不倒翁"。

周勃直到辞官，内心深处还是看不上陈平的，认为陈平自投靠刘邦起就总出些挑拨人际关系的损招，满腹诡计。陈平自己也说："我多阴谋，是道家之所禁，其无后乎？"可见道家是最忌讳阴谋的。因此他断定自己将没有后代，至少后代不会富贵长久，后来果然被他说中。在他去世后，他的儿子陈买接替侯位。陈买为侯两年去世，他的儿子简侯陈恢接替侯位。陈恢为侯二十三年去世，他的儿子陈何接替侯位。陈何为侯二十三年时，犯了抢占他人妻子的罪，处以死刑，封国被废除，功名富贵就此断了。

同样是帮助朱元璋奠定基业的刘伯温也是位道家人物，很多人一直把他和诸葛亮相比较，相传神机妙算，无所不能。朱元璋得天下后，却把"开国第一功臣"的名号给了李善长，主要原因是朱元璋认为刘伯温给他出的主意大多都是权谋，并非治世之道。如借用小明王的旗号扩充实力然后又秘密除之，这都可以归到阴谋的范畴了，朱元璋身为皇帝，怎么可能容忍身边存在一个比自己还懂权谋的人呢。好在刘伯温身为道家人物，懂得"功成、名遂、身退"的道理，但终归退的不彻底，最后仍然免不了被毒杀的命运。他的长子刘琏，与胡惟庸的党人起冲突，被胁迫堕井而死；次子刘璟，后因对明成祖直言："殿下百世后，逃不得一篡字。"被捕入狱，在狱中自缢。历史总是惊人的相似，这恰好也印证了当年陈平所说。

道家虽不提倡用阴谋，却主张用阴柔的思想解决问题。明朝中后期出了一位重要人物——徐阶，徐阶深受王阳明"心学"影响，与"童心说"的李贽同属王门后学。宋明时期的"新儒学"对佛道均有摄取，王阳明"心学"对佛道既批判又吸收，徐阶自然也深谙道家思想，"阴柔"两字用在他身上是再合适不过了。徐阶整个政治生涯中最大的亮点就是他斗倒了权势熏天的严嵩。徐阶与严嵩同朝为官十余年，严嵩多次想设计陷害徐阶，徐阶却始终装聋作哑，从不与严嵩争执，甚至把自己的孙女嫁给严嵩的孙子做妾，表面上十分恭顺，暗地里却在等待一个能够一击致命的机会。"徐阶曲意事严嵩"之所以能够成为权谋中的经典案例，是因为徐阶很好地运用了老子所主张的阴柔思想，顺势而行，不盲动，找准破绽，遇到机会就绝不放过，替天行道，终将严嵩党羽彻底铲除。徐阶从未刻意设计去扳倒严嵩，只是顺势慢慢收集证据，顺应天道将其除之，可谓是阴柔思想最好的诠释。

　　由此可见，道家是从不主张阴谋的，认为道家是权谋之术也是法家的读法。道家更多的体现还是阴柔思想，顺势而行，不用相反的逆道，现在有些"厚黑学"打着道家的旗号实在是有些张冠李戴了。

　　孔子认为从政者要具备"果、达、艺"三项才能，就是要果敢，通达，还要有点艺术修养。古代很多官员都精通诗词，有的在书画上也有很高的艺术成就，不然长期的政治生活在精神上其实是很寂寞的，精神上如果没有寄托就很容易剑走偏锋。只有具备这几项素质才可能不会成为害人害己的阴谋家。

　　历史的经验证明，如果德不在其位，自身没有较高的修养，通过搞阴谋上位的人，即使获得所谓的一时成功但最终不会有好结果。就如胡惟庸，书读的不多，却自认聪明绝顶，最后自家被满门抄斩不说，还连累近三万人给他陪葬，何其悲哉。

鬼谷子的俩学生

鬼谷子是历史上的一位神秘人物，到底有没有鬼谷子这个人难以考证，就算有也应属于隐士之流，自己甘愿退居幕后，却教出了孙膑、庞涓、苏秦、张仪四位对战国时代具有深远影响的重要人物。

孙膑、庞涓主攻兵法，苏秦、张仪主攻纵横术。兵法运用的是否得当决定着两国战争的胜负，而苏秦、张仪的纵横术将整个战国时期的各个国家都玩弄在自己手掌之间，显然更胜一筹，苏秦更是在巅峰时期一人独掌六国印，真正做到了前无古人后无来者。最为重要的是各诸侯国，在他俩掌权的时期内维持了二十年左右的和平，历史贡献不可忽略。

苏秦生在与孟子同一时代的东周，当时还没有实行通过考试录取人才的方法，读书人要想获得权力和地位只能靠"游说"，就是毛遂自荐跑到各国推销自己，通过阐述自己的治国理念来获得国君的赏识，以便得到重用。孟子当时到各国宣讲仁政也属于游说，不过孟子的出发点并非是为了自己的私利，因而被后世尊称为亚圣，这点上还是和苏秦、张仪有所区别的。

苏秦的第一次游说并不是很成功。他变卖了家产，还借了些债，做足了派头到了秦国，向秦惠王说出了他的构想和计划，对秦惠王抱有很大的希望。他之所以选择秦国，是因为秦国在经历了商鞅变法以后，国富民强，注重法治，处于一个上升时期，是最适合的国家，并且秦国地处西北，战略地位非常重要。纵观中国几千年来的战争，几乎都是由北向南发动攻势最终取得胜利，从南向北的战争多数都在中途夭折，很难坚持到最后，这是个非常有意思的现象。

当时的秦国是秦惠王当政，苏秦首次见秦惠王就迫不及待地向他提出，后来秦始皇所实行的吞并诸侯的路线，结果没想到却被秦惠王当场否决了，心被浇了个透心凉。秦惠王主要说了四点理由：“毛羽不丰满者，不可以高飞。文章不成者，不可以诛罚。道德不厚者，不可以使民。政教不顺者，不可以烦大臣。”意思是一只鸟当羽毛还没有长丰满的时候，是不能够高飞的。一个国家的人民文化教养还没有培养起来的时候，是不能征讨别人的。领导人的德行没有达到的时候，是不能够使人民顺服的。政治教化还不够时，不能劳烦自己的大臣们担负更多的任务。归纳为一点就是时机不成熟。可苏秦并不死心，回到秦国的住处仍一次次地写报告，秦惠王连理都不理，到最后带来的钱也用光了，在秦国实在是待不下去了，只好卷起被盖垂头丧气地回家了，他的第一次游说宣告彻底失败了。

总结苏秦的第一次游说秦惠王所提的观点不能说不对，他详尽分析了秦国的优势和各诸侯国的情况，规划出了“称帝而治”的宏伟蓝图，后来的秦始皇就正是这么做的。秦惠王也并非没有想过要吞并诸侯一统天下，只是他深知秦国的国内情况，暂时还没有实力完成统一大业，只能慢慢积蓄力量，以待时机。所谓位置决定高度，苏秦作为一介书生当然看不到这些，其出发点和想法都是正确的，只是在当时的情况下这些想法还无法执行。这和现在企业中不少新员工喜欢给老板提建议是相似的，自己做的项目方案感觉很不错，可当老板真把这个项目真的交给自己负责的时候，才发现困难重重，因为不在那个位置很多实际问题根本考虑不到，思维上存在局限性。好在苏秦并没有因此消沉下去，回家苦读，总结经验教训，终于有了第二次的成功。

苏秦刚回家时非常落魄，史书上用"面目黧黑，状有愧色"来形容他的状态，精神上受了非常大的打击。好不容易回到家了，太太、嫂子甚至父母连一句话都不和他说，当作没看见一样，心理上又受到进一步的打击。还好苏秦没有因此怨恨他们，而是把这些原因都归到了秦国身上，于是关起门来继续发奋读书，还特意找来姜太公著的《阴符经》等谋略的书籍，苦心钻研，著名的"头悬梁，锥刺股"就是从苏秦这次回家苦读而来的。经过一年的闭门学习后，苏秦重新研究了当时的天下大的趋势，改变了策略，自信能够说服各国的国君了，就又出门开始了他的第二次游说。

这次苏秦不再从秦国开始走强国路线了，而是针对性地选择了北方的燕国，因为燕国西面受到秦国的威胁，南面又紧挨着齐国和赵国两个强国，处境艰难。苏秦对燕文侯详尽地分析了燕国所面临的问题，并把自己合纵的计划说了出来，最终说服了燕文侯，把全燕国的力量都交给了他，还提供了充足的游说资金，这下苏秦总算是看到了翻身的希望，紧接着南下游说赵国的赵肃侯，顺利地取得了赵肃侯的信任，封他为武安君，赠送了更加丰厚的资金作为支持。苏秦又先后去见了韩宣王、魏襄王、齐宣王、楚威王，结果都是"敬奉社稷以从"，苏秦从一个落魄的书生一下成为掌管燕、韩、赵、魏、齐、楚六国大权的人物，同时佩六国印，显赫一时。

此时，苏秦终于得到了他想要的结果，愿望变成了现实，成为了名副其实的成功人士，连周围的人对他的态度也发生了巨大的变化，兄嫂们对他也是毕恭毕敬，言听计从。苏秦的这一套方法见效快，措施非常具体实用，因而得到各国国君的认同。孟子提出的是政治哲学的大原则，并需要长期的经营，加上战国时期各诸侯国连年征战，都面临很严峻的生存威胁，文化道德层面已大不如孔子所处的春秋时代，苏秦的合纵计划能成功也就不足为奇了。

苏秦虽然成功了，但他并没有被一时的成功冲昏头脑。六国联合起来后秦国等于被孤立封锁起来了，国库空虚，士兵困顿，已经在走下坡路了。苏秦知道这套手法要想长期继续玩下去，必须要有个实力相当的对手，独角戏肯定是唱不下去的，于是他想起了自己的老同学张仪。

张仪比苏秦年龄大不少，出身也比苏秦好，读书的时候苏秦也自认为不如张仪，可当苏秦佩戴六国印的时候张仪还只是在一个当楚国宰相的朋友家里作宾客，并且放荡不羁。有一天宰相家里丢了块白璧，怀疑是张仪偷的，被打了个半死，结果回家后心态还很好，问老婆自己的舌头还在不在，只要舌头还在就好，自信凭一张嘴就能翻身。张仪在楚国是待不下去了，等伤一好，就去找苏秦准备谋个好职位。没想到却受到了苏秦的各种冷落，不但如此，苏秦还专门指使一个人在张仪面前故意挑拨两人的关系，让张仪对苏秦产生怨恨，目的就是刺激张仪好让他与自己唱对台戏，以便实现自己的长远计划，提前说破了效果就大打折扣了。其实张仪到秦国的路费也是苏秦暗中资助的，张仪后来知道了，就决定只要苏秦还在，秦国就一天不出兵，这才维持了战国的长期和平。

张仪到秦国同样拜见了秦惠王。张仪的口才确实不错，先给秦王分析了各国的局势，然后就抓住重点说苏秦的合纵策略没什么可怕的，因为世上有三大原则不能违反，违反了必亡，而合纵的国家就恰好违反了这三条大原则。这三大原则就是"以乱攻治者亡，以邪攻正者亡，以逆攻顺者亡。"当时的六国每个国家的内政都比较乱，秦国经过改革后内政上还是比较清明的，让秦王明白将来合纵是必然会失败的。张仪接着分析了秦国的历史，指出秦国所犯的战略上的错误，最后向秦王提出建议，并以自己的头颅作担保取得了秦王的信任。

张仪之所以能很快的说服秦王，主要原因是秦国当时的形势所迫，苏秦的合纵策略已经把秦国逼到死角了，再不采取措施就只能亡国了，急切需要能使秦国变强大的方法，而不是孟子所倡导的通过文化思想来慢慢地使国家变富裕强盛，张仪恰好抓住了时机，这个机会还是苏秦制造的。

苏秦是通过权谋成功的，说的直接点就是玩手段，俗话讲"德不在其位，爬得越高摔得越重"，注定他不会有好下场的。后来他在燕国玩出了乱子，和燕国的皇太后很暧昧，并且被燕王知道了，只好跑到了齐国，结果被齐国的大臣找人行刺，身负重伤，为了抓到凶手苏秦临死还不忘使出一计，让齐王对外宣告苏秦是燕国派来的间谍，对行刺者重重有赏，果然很快就抓到了行刺他的凶手，不得不佩服他的智谋。

　　苏秦和张仪两个人在战国时代出尽风头，相反孟子却处处碰壁。孟子对苏秦、张仪这套方法不但懂，而且看得很透，要去做会比他们两个做得更好，获得个人成功是没问题的。孟子的目的在于通过德治使国家能够长治久安，丝毫不在乎个人的得失，这才是其伟大之处。

　　当下社会中讲权谋的书比较容易成为畅销书，人人都想通过耍手段快速获得所谓的成功，很少能静下心来读圣贤书，造成物质文明发达了，精神文明却在走下坡路。不提高道德上的修养，得到的东西也会以同样的方式失去，不可能长久。孟子早就看到了这一点，"亚圣"称号真是实至名归啊。

不问苍生问鬼神

——才子贾谊的悲情人生

"不问苍生问鬼神"这句话出自李商隐凭吊汉代著名才子贾谊的诗。原诗为:"皇室求贤访逐臣,贾生才调更无伦。可怜夜半虚前席,不问苍生问鬼神。"

贾谊是汉文帝时期的著名才子,文采学问都很好,也颇有远见,经常给汉文帝提建议,但基本上都没被采用,自己从未受到过重用,在政治上可以说是失意的。这首诗表达出李商隐对贾谊的同情和惋惜,批评汉文帝把贾谊招进宫里不谈国家大事却只问些鬼神,埋没了大好人才。虽然两人之间相隔好几百年,还是有种文人间惺惺相惜的感觉。

汉文帝在历代帝王中是评价比较高的一位皇帝,谥号能称得上"文"字的一般都是德才兼备之人,历史上总共也没多少位,况且汉文帝开创了著名的"文景之治",使汉朝进入了繁荣强盛时期,历史功绩是比较大的。这样一位有作为的皇帝却能甘心使人才埋没怎么也有点不符合常理,这还要从当时汉文帝所处的历史环境来分析。

汉高祖刘邦死后的二十余年汉朝进入了吕后专政时期,内斗不断，经济、文化、制度等方面都没得到大的发展。吕氏政权被功臣集团所灭，彻底退出政治舞台后，选择谁为君主就成摆在以周勃、陈平、灌婴等功臣集团面前的首要问题，当时有三种选择：一是继续拥立少帝刘弘；第二，扶植刘弘的兄弟；第三，从刘邦的儿子中再选一位。

最终，功臣集团为了彻底消除吕后的影响，一致认为要选一位刘氏血脉的正统继承人，且必须是刘邦的直系后代。同时，功臣集团为了自身利益，候选人最好可以被他们利用、控制，其母族也相对弱势，要坚决避免类外戚干政的再次出现。

刘邦的儿子都被吕后收拾的差不多了，再加上这些条件的限制，选择范围非常小了，放眼整个刘氏宗室，只有刘恒最为合适。此时的刘恒年龄二十刚出头，不大不小正符合功臣集团的心意，因为年龄太小不便于功臣集团借其打压敌对势力，太大又不容易控制。此外，刘恒所在的封地还位于西北边陲，与各方势力交集较少，比较低调，简直是完美人选，于是刘恒就成为了后来的汉文帝。

刘恒之所以能在吕后当政时期得以自保，很大程度上得益于其母亲薄姬。薄姬原是魏王魏豹的老婆，当时有位著名的江湖术士许负给薄姬相面，断定她是大贵之相，将来定会生出天子。没想到只因为这句话让本来支持刘邦的魏豹宣布中立，结果自身实力不济转而投靠项羽，刘邦一气之下派韩信灭了魏国，魏豹被迫再次投靠刘邦。随后，魏豹同刘邦的手下周苛、枞公一同镇守荥阳，这二人担心他再次叛变，索性把魏豹杀死了，魏豹的老婆们就被刘邦接管了。

可能是薄姬的姿色一般，最初被打发到织室工作，后来好不容易才入了后宫，但一直未受刘邦的临幸。幸运的是，薄姬幼年时的两个玩伴，史书上称二人为管夫人、赵子儿，此时正逢刘邦宠幸，就向刘邦提及三人当初约定日后谁先富贵就要帮忙提携谁的誓言，刘邦听后很是感动，并生起怜香惜玉之感，于是临幸了薄姬。事后薄姬怀孕，为刘邦生下第四子刘恒，然而薄姬并未因此得到宠幸，刘恒年仅八岁，就被封为"代王"分配到西北边陲去了，要不是后来吕后篡权弄的汉朝内部元气大伤，刘恒可能真的就要一辈子待在封地戍边防卫匈奴了。由于当时刘恒年龄还小，母亲薄姬也跟随儿子来到西北，也借此机会远离了宫廷内斗的权力中心，在吕后清算被刘邦宠幸过的姬妾时也因为刘邦对她的冷淡躲过一劫，间接地保护了刘恒。

薄姬虽然是女流之辈，却精通黄老之道，对道家学说有着比较深入的研究，这也深深地影响了刘恒。功臣集团好不容易将刘恒从西北边陲迎回推上帝位，自然是要求有回报和收益的，但他们实在是太过于小看这位长期在代国韬光养晦、深谙黄老之道的年轻人了。为了不被功臣集团和诸侯王集团两大势力的压制和利用，也为了平衡各方势力，保持政局稳定，刘恒在执政初年采取的是对功臣集团"捆绑"的政策，将功臣们的利益同自己的利益挂钩，依靠他们来稳固皇权，同时，有意在赏赐的时候将功臣集团和诸侯王集团分割开来，通过利益分配的差异化来制造两大集团的矛盾，削减自己面临的威胁和限制，后期更是通过强迫诸侯回到各自封地的办法，将功臣集团与自己的矛盾转化为诸侯国与中央的矛盾，从而加强专制，展现出了极高的政治智慧。

人事即政治，要想巩固自己的执政地位，光靠功臣和诸侯王这些"外人"是不行的，必须要培养自己人。刘恒首先做的就是大加封赏跟随他从代国一路来长安的宋昌、张武等功臣，将最重要的南北军交由宋昌统领，并封为壮武侯，重臣九卿之中三分之二都是原来代国旧臣，完成了执政班底的建设。其次就是在全国范围内选拔人才，刘恒希望选拔一批有才能但没背景、没财力的人来抗衡两大集团，贾谊就是在这种情况下脱颖而出，成为刘恒身边的红人。

贾谊成为刘恒的随从参谋时才二十多岁，正是锐意进取、血气方刚的年纪，他向刘恒提出"改正朔、易服色、法制度、定官名、兴礼乐、数用五"六点内政改革建议，希望能彻底推翻汉初刘邦制定的"汉承秦制"的模式。虽然这些改革建议很好，汉王朝也确实需要改革，但贾谊毕竟是一介书生，考虑问题容易在自己固有的知识范围内打转，政治上是否具有可操作性是他考虑不到的。

此时刘恒刚登基不久，内忧外患，日子并不好过。对外，南方还有一个南越王赵佗，控制着长江以南的大片地区，北面有匈奴的威胁；对内还要重整刚经历重大变故的家族事业。在这个时候拿刘邦定下的"汉承秦制"的规矩开刀必然会引起功臣集团的不满，内政改革时机还不成熟，只能对贾谊谦虚地说自己能力不足，最终也没有实行这些改革方案。

贾谊不但在内政问题上提出新政，还为刘恒在最为头疼的王国问题上献计献策。他提议让列侯们全都回到各自的封地去，以便削减列侯在中央的权利，加强对功臣们的控制。在这个问题上贾谊提出的改革方案还是比较符合刘恒心意的，只是实行的过程中有些操之过急，触及了功臣集团底线，遭到以绛侯周勃、颍阴侯灌婴等为首的功臣集团强烈反抗，逼迫刘恒治贾谊的罪。刘恒为了迫使列侯们回到各自封地，完成矛盾的转化，只好牺牲贾谊，将贾谊被贬为长沙王的太傅，远离了中央权利中心。

　　贾谊是刘恒从民间草根中选择出来的优秀人才，但政治情商过低，性格上的自傲自负也使他难以经受复杂的政治历练。他把治国道路的选择看得太简单了，且过于愚忠，一心考虑国家、君主和自己的理想，从未想过站在刘恒的位置考虑问题，忘记了刘恒的上台是各方势力综合选择的结果。刘恒每项政令的实行首先要考虑的就是各方势力的平衡，"无为而治"、"柔和治国"才是推崇黄老之道刘恒的选择。

　　贾谊后来又被刘恒招回长安，当他去见刘恒的时候，刘恒刚吃完祭祀用的肉，正在思索鬼神的事情，希望从中能排解"高处不胜寒"的孤独感，寻求心理安慰，见贾谊过来赶忙与他探讨。贾谊是儒生，谙熟经学，这是贾谊擅长的事情，两人一直讨论到深夜，贾谊一心想把自己的政治观点讲给汉文帝，汉文帝心里也明白，但又不好把原因直接告诉贾谊，不与他谈鬼神又能谈些什么呢？

　　贾谊注定难以成为政客，只能是学者、参谋、才子，在他身上集中体现了历代怀才不遇才子们共有的缺陷。李商隐借怜惜贾谊表达对自己处境的感叹，未能意识到问题的关键所在。

张良退而不舍的结局

"功成身退"四个字说起来容易做起来难，人生最难做的就是"放下"二字，尤其是已经得到的东西想要再丢掉更是艰难。历史上能够很好地诠释这四个字的莫过于陶朱公——范蠡了。

范蠡在帮助越王勾践灭了吴国以后，便改名换姓，跑到齐国从事起农业生产，由于比较有商业头脑，加上勤恳耕耘，没多久就成为当地有名的大富翁。齐国人知道了他的才能就想请他出来做官，于是范蠡散尽家财分给周围的朋友，去了一个叫"陶"的地方，自称"陶朱公"。在陶地重新白手起家，边从事农业生产边做生意，没多久又家财万贯，最后又把财产散掉了，历史上记载陶朱公共有三次迁徙三次散财的经历，能把功名利禄看得如此透彻并能付诸实践的独此一人。

范蠡是道家"功成、名遂、身退"思想的代表人物，被誉为"汉初三杰"之一的张良同样也是道家的典型代表，虽然也功成身退，却始终没能达到范蠡的高度。

张良是战国时韩国后裔，秦灭韩后，为了替韩国报仇打算趁秦始皇东游时行刺，结果刺秦用的铁椎误中了秦始皇的副车，只得隐姓埋名逃亡到了下邳这个地方，在这里张良遇到了人生的第一个大贵人——黄石公。张良给黄石公提鞋的故事上学时课文里就曾学过：一天，有一老人在桥上见张良过来就把鞋扔下桥，让张良取过来并给他穿上，张良看其年老就照做了，老者很高兴就让他五日后一早在这与他见面，张良虽然感到奇怪但还是五日后一早就去了，没想到老者已经先到了，老者很生气让他过五日后再来。五日后鸡刚打鸣张良就前往，没想到老者又先他一步到。第三个五日张良半夜就到了约定地点等候，终于比老者先到，老者很高兴，认为孺子可教，给他一本《太公兵法》（也有人认为此书应为《素书》），并告知"读此为王者师矣"，遂去，并未留下姓名，只是告诉张良"十三年孺子见我济北，谷城山下黄石即我矣"，于是后世人们就把这名老者成为黄石公。历史上虽然没有明确记载黄石公是否为道家人物，但流传下来的黄石公的《素书》六篇里面体现的多是道家思想，道家思想也对张良产生了很大影响，进而影响到了汉初的许多决策。

汉朝建国后，论功行封，汉高祖刘邦让张良自己选择齐国三万户为食邑，被张良拒绝，希望能分封在与刘邦相遇的留地（今江苏沛县），刘邦同意了，故称张良为留侯。张良辞封的理由是：韩国被秦所灭后家道中落，沦为布衣。自己布衣得封万户、位列侯，应该满足。看到汉朝政权日益巩固，国家大事有人筹划，自己"为韩报仇强秦"的政治目的和"封万户、位列侯"的个人目标亦已达到，一生的宿愿基本满足，是该功成身退的时候了，就在自己的留地专心修道，远离中央核心决策层，希望能够安稳地度过余生。

比起范蠡的飘然浮海而去，隐姓埋名，张良退的并不彻底。

他的封地叫留地，也暗示了他希望能给自己留下一块地方，远没有范蠡的洒脱，这也为自己留下了祸患。

相对于刘邦，吕后对张良更加敬畏。当刘邦有改易太子之意，想立戚夫人的儿子赵王为太子时，吕后自己一时也没了主意，只得求助于已经很少过问政事的张良。张良本不想参与其中，但考虑到太子乃天下之本，一摇则天下振动，于是献计吕后：口舌难保太子，太子若卑辞固请"商山四皓"出山，出入宫廷以"四皓"相随，皇上必问而知之，知之则太子位可固。"商山四皓"为东园公、甪里先生、绮里季和夏黄公四位白发老人，都是当时很有名望的隐士，刘邦曾想请他们出山入朝，但一直未能如愿。张良建议如果能把他们请到宫中相伴太子左右，就能保住太子之位。刘邦果然见太子身边有自己多次都没能请来的"商山四皓"相伴，认为太子羽翼已丰，翅膀亦硬，奈何不得，从此再也不提易立太子一事，这也使得吕后对张良更加敬重。

曾子说过"求于人者畏于人"，"敬"与"畏"常常是同时存在的。尤其是当吕后手握大权后，对张良的不安也日渐加深。而此时的张良早已摒弃人间万事，专心修道，崇信黄老之学，甚至辟谷。所谓的"辟谷"是道家的一种修道方式，尽量避开五谷，少食或不食，经过气脉练习使气体充到胃里，从而避免胃壁摩擦，也不感到饥饿，还能起到清理肠胃的作用，这就是道家所说的"气满不思食，神满不思睡"，进而达到"食气者寿"的目的，如今一些城市流行的"都市辟谷养生"也是来源于道家的这种方法。

之前一直认为这些历史记载是把张良过于神话了，七天不吃饭人就饿死了，怎么还可能延年益寿，直到前段时间看新闻报道说湖北有位"神仙奶奶",已经有 12 年没有吃过饭了,也从不感到饥饿,每天早上一杯茶,一天只抽一包烟,真是惊叹大千世界无奇不有,人类对自然界的认识还是有限的。话说回来,吕后知道张良辟谷,故意让张良吃肥腻的食物,把张良苦心修道多年的积累全破了。这就好比一个长期吃素的人突然让他吃肥肉自然会恶心反胃,没多久张良就死了,可谓是杀人于无形,解除了吕后心中的一大患。明朝的开国皇帝朱元璋故意给不能吃发物的徐达吃烧鹅,是否是偷师吕后不得而知,却都有异曲同工之妙。

张良被称为"留侯",最后没能如自己所愿得道成仙,得以善终,败在这个"留"字,这和他的出身关系很大。张良虽然出身韩国名门世家,但到他这一代早已没落,与普通百姓没什么两样,自己也受了不少苦,一般出身比较穷苦家庭的孩子都比较会过日子,知道节俭储蓄度日,从陶朱公三个儿子不同的性格就可以明显的看出来。

陶朱公有三个儿子,有次第二个儿子在楚国因事杀了人被判死刑,陶朱公就打算让自己的小儿子带上千金,去楚国找自己的老朋友庄生,看看能不能想办法将二儿子解救出来,但他的大儿子非要自己去,陶朱公不同意,后来在老婆和儿子的双重压力下只得妥协,心里却已经料定二儿子必死无疑,却又无可奈何。果然,大儿子到楚国找到了庄生将千金送给他,庄生客气了一番,也没答应他,只是让他不要待在楚国。这个庄生素来清廉,名声不错,还是陶朱公的老朋友,本是想把事办成了再把钱奉还,陶朱公的大儿子却以为这个庄生也没什么办法白送钱了,心疼的不得了。庄生刚向楚王建议消灾祈福,暂停刑罚,陶朱公的大儿子以为刚好碰巧遇到大赦了,就去找庄生把送去的金子都又搬走了。于是第二天庄生就又向楚王进言说："外面传言是因为陶朱公用大批黄金买通关节，所以您才大赦，是为了放陶朱公的二儿子。"楚王一听大怒，立即将陶朱公的二儿子正法了，大儿子只好带着弟弟的尸体回去了。陶朱公却很镇定，因为他知道大儿子从小跟他一起种田干活，辛苦劳作，知道赚钱的不易，比较舍不得。而小儿子是在陶地生活富裕的环境下长大，花钱从来不在乎，这也是当初为什么想让小儿子去的原因了。

张良同陶朱公的大儿子一样都是白手起家，追随刘邦多年终于建功立业，修成正果。能从权利中心退下已实属不易，但始终退而不舍，想给自己留下点东西，这也是人的本性，比起范蠡的境界还是差了那么一点，最终的结局也应验了范蠡所说的"大名之下，难以久居"的原则，真是千古不变之理。

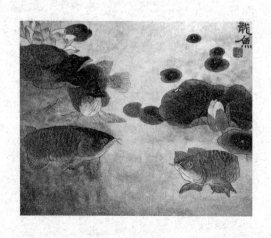

仗义每多屠狗辈

"仗义每多屠狗辈，负心多是读书人"，出自明代曹学佺的诗。意思是说文化水平不高的人一般比较淳朴、仗义，没有那么多的诡计。

这句话虽然有些绝对，但还是有些道理的。例如，中国历史上的匈奴、突厥、契丹、女真等北方游牧少数民族民风彪悍，不受各种传统道德和规则的制约，思想上相对单纯，不懂厚黑学，结果都曾多次陷入汉人政权的圈套，对汉人不信任，和谈总是进行的很困难。

在"屠狗辈"中最具代表的要数西汉开国大将樊哙了。樊哙在结识刘邦以前，以屠狗为业，后跟随刘邦征战，在鸿门宴上大出风头，被人们所熟知，素来以勇猛、仗义著称。

鸿门宴上，樊哙是刘邦的参乘，相当于副官，他的责任是保护刘邦，但没有与会的资格。当他从张良处得知"项庄拔剑起舞，其意实在沛公"，便不假思索请命进入宴会，完全不顾戒备森严、刀剑如林的危险，还把阻拦的卫兵直接撞倒在地，完全是一副"拼命三郎"的姿态呈现在众人面前，就连"力能拔山、气可盖世"自诩为西楚霸王的项羽，也被他勇猛刚烈、霸气逼人之势所震慑，一再称赞其为"壮士"，还两次赐酒，一次赏彘肩，使杀机四伏的紧张气氛骤然扭转，帮刘邦化解了最大的一次危机。

樊哙在鸿门宴上不顾个人安危，将一个勇敢无惧、仗义、忠心的武士形象展露淋漓尽致。仗义固然是"屠狗辈"的优点，但头脑简单的人易冲动，爱逞匹夫之勇，缺乏政治远见，樊哙也是如此。

刘邦死后，匈奴更加肆意妄为，冒顿单于还经常用词轻佻地写信骚扰吕后，身为吕后妹夫的樊哙甚是气愤，扬言要领兵十万踏平匈奴，这就有点意气用事了。凭汉朝当时的实力就是举全国之力也不是匈奴的对手，况且还有匈奴曾将刘邦率领的三十二万大军，围在白登山的惨痛教训，实在是不过脑子的说大话，遭到季布的严厉驳斥。仗义还是要建立在理性的基础上。

与樊哙同时代还有个叫贯高的人也以仗义著称。贯高曾是大游侠张耳的老部下，出身草根的刘邦也曾是张耳的小跟班，贯高素来看不惯刘邦的流氓习性。后因刘邦欺压张耳的儿子张敖，贯高竟然想着行刺刘邦，最终行刺失败，把张敖也连累了，此事甚至对汉文帝时淮南王刘长的谋反案都产生了影响，为一时仗义付出了很大的代价。

张敖的妻子就是差点与匈奴和亲、刘邦和吕后的女儿鲁元公主。汉高祖七年的时候，刘邦好不容易从匈奴冒顿单于的围困中突围出来，窝了一肚子火，在返回长安的途中路过张敖所在的赵国，张敖一看老丈人灰头土脸的回来，赶忙鞍前马后的侍奉，刘邦却非常蛮横无理地肆意对张敖大骂，身为赵王的张敖连大气也不敢出，在刘邦面前低三下四，结果具有游侠习气的贯高等人看不下去，自作主张地打算替张敖出这口气，却苦于一直没有机会。

一年后，刘邦再次路过赵国，张敖这次更加不敢怠慢，见岳父大人成天嚷着空虚寂寞，只好忍痛割爱将自己宫中的美女送给刘邦，其中有位赵氏受宠怀孕，后来所生的儿子就是淮南王刘长。

贯高等人自然不会错过这次刘邦到来的好机会，准备在驿馆的夹壁中伏击刘邦。刘邦好歹当过亭长，防范意识还是很强的，一看不太对劲，没停留就走了，幸运躲过一劫。纸终究包不住火，贯高等人终被人告发，毫不知情的张敖也被抓了送往长安。

贯高的确够仗义，行刺计划东窗事发后，为了维护张敖的清白，力阻同谋自杀，并在严刑拷打下始终坚称张敖是无辜的，完全是自己的主使。刘邦经过调查了解清楚了事情的缘由，发现贯高没有撒谎，张敖对自己还是挺忠诚的，于是决定把他俩都放了，还称赞贯高为勇士。令人意外的是，当贯高听说自己将要释放时，却毅然决定自杀，因为他认为自己洗刷张敖冤屈的使命已经完成，弑君之罪不可饶恕，要做到问心无愧。一时间，贯高的行侠仗义之名被人们广为传送。

贯高为了使少主张敖不受气，毅然决定行刺刘邦，表面上看是仗义，实际上是非常鲁莽的行为，缺乏远见和大局观念，试想如果行刺成功，很可能使来之不易的和平统一局面再次陷入诸王争霸的混乱，这些问题不是他能考虑到的。更加让他想象不到的是，正是由于这次刺杀未遂的行动，在一个人心中埋下了仇恨的种子，间接引发了著名的淮南大案。

这个人就是淮南王刘长。张敖被抓时，那个被刘邦临幸过已经怀孕的赵美人也被关了起来。这个赵美人本来就是刘邦在女婿张敖那胡作非为、寻欢作乐的玩物，刘邦对她根本没什么感情，再加上刘邦正在气头上，根本就不管赵美人和她腹中的孩子。赵美人无奈只好想办法，让自己的兄弟赵兼找吕后的男宠辟阳侯审食其帮忙，想通过吕后向刘邦说情。审食其确实找吕后说明了此事，吕后虽说不情愿，但看在女儿鲁元公主的面子上还是去找了刘邦，不过最后没有成效，赵美人生下刘长后就悲愤自杀了。

　　刘长长大后了解了事情的来龙去脉，认定是审食其的不作为害死了自己的母亲，对审食其恨之入骨。其实没能救出赵美人主因并不在审食其这里，吕后作为一个嫉妒心极强的女人，根本不可能会真心去救已怀孕的赵美人。审食其又是个极具政治敏感性的人，这种出力不讨好的事，没尽全力应该也是事实，刘长把所有罪名都归到他头上只能自认倒霉了。

　　赵美人死后，刘长由吕后一手带大，政治上得以长期受到特殊的保护，从而导致他和"屠狗辈"一样思想较为简单，不会耍心机，且为人比较骄横，在汉文帝刘恒面前还总叫"大哥"，弄得刘恒心里颇为不快，自己还浑然不知。更为过分的是，刘长借着去审食其府上做客的机会，趁其不备从袖子里拿出了一个锤子，当着众人面一下就把堂堂的辟阳侯审食其给砸死了，不是一般的简单粗暴，足见其情商之低。

　　令人意外的是汉文帝刘恒，并没有治刘长杀死审食其的罪过，此举很可能是为了故意助长刘长的骄狂，刘长也愈发不把中央政府的命令放在眼里。头脑简单的刘长哪里是汉文帝的对手，略施小计就刺激了刘长，逼其造反。说是造反，怎么看都像是场闹剧，因为史书上记载一共就七十个人和四十辆车，刘长再天真也不会就拿这点兵去造反的，更多的是想借此多争取点特权罢了。

以刘长的脾气性格做个草根"屠狗辈"也许更为适合，当诸侯王真是难为他了。更不幸的是还遇到了各方面都远胜于他的汉文帝刘恒，他在刘恒面前不过是枚用来稳固皇权、解决王国问题、推行改革的棋子，连死法都要被刘恒算计，最终不堪受辱绝食而亡。

回顾刘长的一生，他意气用事杀了审食其可以说是刘恒对其态度的转折点。事后刘长虽说在刘恒面前认错，却列举了审食其的三大罪状，表明自己既是为母报仇也是为国家除害，是行侠仗义，料定刘恒不会治他的罪。刘长用"义"字做挡箭牌的想法过于天真，刘恒为了顾全大局当然不会马上处理他，但刘长的骄横已经触及皇权专制的底线，必定不会有好下场。

刘长的性格和处事方式既同他成长经历有关，又与时代背景紧密相连。战国时流行的侠义之风到汉朝时依然有着很大的影响，汉初的许多名将多是地方豪杰或游侠，这是汉朝与其他朝代一个很大的不同点。刘长显然是受此影响，喜欢交朋友、重义气，身边自然很快就会聚集一批人，若没有高情商，悲剧在所难免。

"义"需要与理性、情商等相结合，才能促使品德的真正形成，只有当一个的人才能、学识、品德三者兼备，才是孔子讲的"文质彬彬，然后君子"。"义"字并不仅仅是"屠狗辈"的专利。"屠狗辈"们只看重狭义的"义"字，往往是造成其悲剧的根源所在。

敢将薄命怨红颜

所谓爱江山更爱美人，英雄征服了天下，女人征服了英雄。历史上多少英雄豪杰冲冠一怒为红颜或缠绵于温柔乡里，从而导致江山易主，英名扫地，却把不少"黑锅"都扣在了女人身上。

在古代美女中西施是被人们谈论最多，也是结局最为神秘的女子。当年越国被吴国打败，越王勾践带着仅剩的五千余人败退在今天浙江诸暨一带，要想生存下去的唯一办法就是求和，于是就需要选一些有姿色的年轻女子加以舞蹈等方面的训练送给吴国。可是在当时生产力还不发达的农村都以壮硕能干活的妇女为主，在诸暨这个人口不多的小地方要想挑选纤瘦的女子并不容易，而西施恰好是因为有胃病，估计是经常吃不饱饭造成的，并且经常用手捂住胸口，看起来很柔弱，就被范蠡给选上了，经过训练后的西施以《响屐舞》闻名，深得吴王喜欢。其实西施并不见得有多漂亮，幸好当时没有照片，给人留下很大的想象空间，不然人们可能会大失所望，后世也不会有那么多的文学艺术作品来描绘她的美貌了。

西施不过是一颗受人摆布的棋子，她自己也许只是想追求更好一点的生活，自身并不懂得政治，却被大国争斗无情地卷了进来，无奈地被扣上各种"帽子"，都不是她自己能左右的。相传最后她和范蠡一起隐姓埋名泛舟太湖之上也算是其最好的归宿了。

相比于西施，杨贵妃的结局就没有这么幸运了。安史之乱兵临长安，唐明皇被迫出走，在马嵬坡这个地方部队发生了兵变，认为是杨贵妃误国，将她活活吊死。历史上人们也多将安史之乱的原因归到杨贵妃身上，唐明皇因她而疏于朝政，整日沉迷于温柔乡里，差点亡国。

唐明皇是一位非常有才能的皇帝，只不过执政的时候唐朝已经开始走下坡路了，没赶上像乾隆皇帝那样的好时候，即便如此，他在执政初中期各方面还都做得不错，并且任用了张九龄和韩休两位名相，如果到此为止他将成为历史上受人敬仰的好皇帝。可惜的是，事业杰出及才华横溢的人一般都有着旺盛的精力，身边自然少不了女人相伴，尤其是当皇上的到了晚年精神上更加寂寞，更加需要情感寄托。唐明皇到了中年以后人才匮乏，身边连个可重用的大臣都找不到，像韩休那样敢于直言的官员更是绝迹了。他自己也深知李林甫度量小，缺点不少，但除此之外已没有哪个大臣比他能干，还是提拔李林甫当宰相。唐明皇内心是极其苦闷的，而杨贵妃恰好在这个时期出现，两个人还有着许多相近的爱好，诸多事实证明他们两个人之间是有很深的感情的。

历史事件有它的必然性同时也有偶然性，唐代的藩镇制度即使不出现安史之乱也会出其他的叛乱，没有杨贵妃也不能保证唐明皇在晚年不会宠爱其他女子。有意思的是唐明皇之后的唐僖宗为躲避黄巢之乱也途经了马嵬坡，于是就有人写了首诗来嘲讽，其中两句是"泉下阿蛮应有语，这回休更怨杨妃。"真是一语中的啊。

明末清初的陈圆圆同样争议颇多，不少人认为吴三桂因她而"冲冠一怒为红颜"使江山易主，陈圆圆因此被扣上"红颜祸水"的骂名，这其实是明朝亡国文人和遗老们，借陈圆圆发泄心中郁气。因为清朝入主中原后，除了在剃发问题上表现的过于激进强硬，其他方面多承接汉习，前明官员宁愿在清朝任职也不愿效忠李自成，并且按照传统儒家孟子的原则，只要民情欢悦，国君可以不问出处，文人内心是极其矛盾的，只好将矛头指向陈圆圆。

从一首诗中就可以得出结论："君王城上竖降旗，妾在深宫哪得知。十四万人齐解甲，宁无一个是男儿。"这首诗是后蜀国花蕊夫人被俘后对宋太祖赵匡胤写的，诗中把天下所有男人都给骂了，明明是自己守不住江山，却非要把罪过都怪在了女人头上。

中国的历史离不开女人，女人把持政治的事情也常出现，后人多将历史事件的责任归因于女人，却很少注意到女人对国家的贡献，尤其是在和亲问题上。

边患问题一直是历代政府考虑的首要问题，北方游牧民族高机动性和强冲击力的骑兵，一直颇使中原王朝头疼。汉地马匹稀缺，以步兵为主，派兵少了打不过，派兵多了骑兵主力又跑的找不到了，无谓的消耗太大，即使是最为强盛的汉唐两朝，对治理边患依旧没有好的办法，直到清朝康熙皇帝征讨蒙古领袖噶尔丹时，运用西式火炮车，才解除了游牧民族的骑兵优势。

汉高祖刘邦曾亲征匈奴反被其所困，多亏了陈平的计策才避免了全军覆没，从此之后，汉朝就开始了与匈奴的和亲。冒顿单于死后，匈奴国力并未因此而消减，反而蒸蒸日上，控制了整个西域地区，扼守东西方贸易，汉朝完全处于劣势，只好对匈奴采取更加怀柔的政策，以便专心巩固内政，搞好经济建设。

匈奴入侵其实最需要的就是牲畜、财物和人口，虽然匈奴人有很强的领土意识，但如果把汉朝疆域全吞并了他们根本没有能力管理，匈奴也想"以战促和"，休养生息，和亲就成为了维护汉匈关系的唯一出路。

和亲讲究双方地位能相互匹配，女方多应贵为公主，问题是哪个皇帝都不会愿意让自己的亲生女儿，远嫁到当时还处于蛮荒落后的地区去受苦，刘邦被迫同意和亲，最后还是拒绝派出鲁元公主，而另选他人代之。尽管实现了和亲，汉朝仍然被匈奴牵着鼻子走，在汉武帝出击匈奴前，一直未在匈奴面前抬起过头。

汉朝担任和亲人选中最有名的就是王昭君了。据说当她被选中时，汉元帝才发现她的美貌，于是就责怪画师毛延寿在选妃时把王昭君给画丑了，很是舍不得，还要把毛延寿杀了。王昭君的容貌很可能在众多宫女中确实并不显眼，因为人都会有对自己曾经拥有，然后又失去的东西多少有一点不舍的感情，即使这件东西自己并无太大的用处，汉元帝更多地也是这样一种心理。

王昭君出使塞外时内心的真实想法无人知晓，但唐代嫁到回纥的崇徽公主却为后人留下了真实的内心感受。崇徽公主也是从宫女册封为公主的，她内心却没有丝毫的喜悦，一想到自己将嫁到那么远的边疆去，甚至怀着满腔的怨恨。当她经过汾州即将出关的时候，在关口的石壁上用双手狠心把自己推向了关外，后人还在此立了一块纪念崇徽公主的手痕碑。正由于王昭君并未留下当时的感受，因而后人可以创作出不少唯美的出塞艺术作品，把她塑造的很完美。推测王昭君的心中也应是有些怨恨悲凉的，其中最主要的原因就是与匈奴人当时的习俗有关。

匈奴人是马背上的民族，君臣之间没有复杂的礼节，不划分森严的等级制度，人们活动受到的约束很少，且在匈奴人的观念里父子兄弟死了，活着的家人就应该娶他们的妻子，这样家族血统就能够得到保证。他们并不认可汉人的专制伦理，认为家庭成员的关系会随着血缘关系的逐渐淡化而变得疏离，最终导致家人之间的互相残杀，改变姓氏，不利于保护他们高贵的血统。王昭君的遭遇最后的确如此，婚后三年呼韩邪单于逝世，她上书汉成帝请求复归中原遭拒，继而嫁给了呼韩邪单于长子，两人又共同生活了十一年。王昭君牺牲自我来换取汉匈之间几十年的和平，不得不令男人们汗颜。

有人说千百年来世上就男人和女人这两件事，历史是由男人和女人共同创造推进的，怎能将历史的过错都推给女人而忽略其对历史的贡献呢，实在是怨不得"红颜"啊。

盖棺难定论

孔子曾经感慨"末之难矣"。有学者把"末"字解释为"最后"的意思，就是事情做到最后都比较难，其实不只是做事，做人更难。每个人一生所做的事情跟所处的时代、经历、学识有很大的关系，人生所处的不同阶段也会对事物产生不同的认知，从而做出不同的事情，要想对一个人的一生做出全面、准确的评价并不容易。

举个典型的例子，五代十国时期，有个叫冯道的人，据说很有才能，好几个国家都请他去辅政。当时的小国多是边疆民族政权，被称为胡人，读书人多看不上，结果他不但去了，历史还记载"事四姓、相六帝"给四个国家六个皇帝当过辅相，也有人说他共伺候过十个皇帝，且一直受到重用。虽说冯道在忠君思想根深蒂固的时代挨了不少骂，但他本人却能洁身自好，不贪财，不好色，人们在生活作风上无法攻击他，为政上也没做出什么背负骂名的坏事，可见他还是有一定的学养的。

冯道曾写过一首诗："须知海岳归明主，未必乾坤陷吉人。道德几时曾去世，舟车何处不通津。但教方寸无诸恶，狼虎丛中也立身。"从诗中可以看出他对当时形势看得非常清楚，在经济文化社会生活都遭到了很大破坏的乱世之中，实在是没有一个统一的政权可以效力。"狼虎丛中也立身"可以看出，他在骨子里还是把这些小国看成外族异类，并非真正发自内心的效忠，只求自保。即便被文人们不耻，但他还是利用辅相职位，极力促进少数民族的汉化，使中原文化在乱世中并没有受到很大的破坏，相反还起到了一定的促进作用，对汉族传统文化的传承做出了一定的贡献。

纵观冯道的一生，光公爵就被封了五次，不管效忠的主子是沙陀人、西夷人还是汉人，他都能凭借自身魅力从容的辅佐，并不是靠阿谀奉承上位，基本很难找出做过的坏事，最终还赢得贤良的广泛赞誉，实乃奇人。然而，他在历史上又很难得到较高的评价，主要原因就是不符合传统的道德尺度标准，觉着他有失气节。后人未曾考虑过冯道所处的历史时间段上选择的合理性，难以对其做出客观真实的定论。

用道德的观念去解释历史，使得历史上许多重要人物都没能得到应有的持中评价，人物性格的多面性往往被忽视。如元世祖忽必烈，对其定论多是从他在中国历史上的地位所做出的，对他的一生做出全面的评价非常困难，因为他和历史上许多著名人物一样，内心极其复杂。

忽必烈的性格具有多重性，主要源于他的汗位并没有经过合法的选举程序，在蒙古主流社会里长期未能受到真正认可，西部汗国的一些蒙古贵族一直不承认忽必烈的地位，与其作战时间前后近四十年，始终是忽必烈的一块心病。他为了拉拢蒙古人，尽力保持蒙古语言，提倡蒙古新字，贬抑汉人，让蒙古、色目人抬头。可是，忽必烈在即位之前就主政华北多年，信任汉人儒臣，水军也多为汉人，重大决策基本以南方的办法对付南方，北方的办法对付北方为指导思想，防止蒙古人对南方的荼毒。在同一体制下要将两个不同文化进度的民族共存起来，是不容易办到的，因而，忽必烈在制定政策时经常左右为难，以至把宗教当作行政的工具，到头来蒙古人认为他汉化过度，汉人认为还不够，也没能正视他一扫辽金南宋以来的积弊与苛政的历史贡献，定论他的传奇一生着实困难。

对于王安石的褒贬同样争论已久，几乎扰攘了宋朝半个世纪，最终还是议论未定。宋朝的第六个皇帝宋神宗赵顼在上台之初是一位有雄心的君主，一心想要收复契丹和西夏占领的失地，朝中有不少大臣都建议他暂且保持和平，最好二十年不谈兵，就连苏轼也劝他不能求治太急。赵顼于是将与自己一见如故的王安石推向前台，实行"新法"，以图富国强兵。但新法自公布之日起，就遭到官僚集团的极力反对，批评声不绝于耳，新法中无一项目得到有效实行。后来宋神宗也迫于压力罢免了王安石，赐他以公爵的名义退休。宋神宗去世后，宋哲宗赵煦不足九岁，由太皇太后高氏听政，她开始启用反改革派的司马光等人，新法彻底失败。仅过八年，赵煦亲政，来了一次翻案，重新启用改革派。赵煦去世后的接替者就是著名的宋徽宗赵佶，他对新法的态度更加难以琢磨，最初支持反改革派，一年后就开始重用以前被放逐的蔡京等人，恢复了王安石新法中的一些措施，还将司马光等一百二十人列为"元祐奸党"，王安石则配享宗庙，成为孔孟之后的第三个圣人，到了南宋仍一直对王安石新法争执不断。现今用"大历史观"去重新审视王安石和他的改革，依然很难用简单的好或坏去下定论。

不仅是历史上的名人定论难，普通人的结论更为难下。例如，清末民初敦煌的王道士，这个人没什么文化，看照片实在和普通的农民没什么两样，结果有一天他无意间发现了有一个山洞中藏着大量的佛经，也没引起他足够的重视，直到英国探险家史坦因路过甘肃，只花了七十两银子就向王老道装了一大车宝贝材料回英国去了，由于他不懂中文，也没有挑，装满一车就走了。到了第二年法国汉学家伯希和听说了以后，就跑到中国找到王老道，王老道听说他懂佛经上的字，很是佩服，就让他拿。伯希和很是精明，在里面挑来捡去，只选最精粹的，这些资料现藏在法国国家图书馆。

后来随着读的书以及接触的资料增多，逐渐发现当时教育部的前身学部知道伯希和要把这些经书运到法国后并没有禁止，只是打电报给甘肃，让他们把所有剩余的经卷都运到北京。那些经书有的几丈长，有的又很短，加上大家都知道这些古经是宝贝了，于是在路上以及起装之前偷的偷，夹带的夹带，甚至有的时候件数都已经登记造册，为了凑数再把长卷剪开，对经书的完整性造成一定的破坏。甘肃到北京路途遥远，地方官员雁过拔毛，运到北京的古经不论是数量和质量上都大打折扣。

民国十五年的时候，胡适先生想写一部中国的禅宗史，结果发现在禅宗发展过程中有位很重要的神会和尚资料太少，这位神会和尚是六祖慧能的弟子，对中国佛教的禅宗北传起了至关重要的作用，但却很难收集他更详尽的材料。胡适就跑到巴黎的国家图书馆找敦煌的佛经里是否能发现有关神会的线索，结果刚第三天就找到了神会语录，接着他又去了英国也找到了有关神会的卷子。胡适先生经过四年的整理最终出版了《神会和尚遗集》，对研究中国佛教的发展历史做出了重要贡献。

王道士在把佛经交给这两位外国人的时候只是想让这些佛经有个归宿，反正自己也看不懂，留着也没用，最初找政府接收还没人搭理他，刚好有人想要，还有些钱拿，何乐而不为。至于说要王道士保护好国宝并且不能流失国外，作为一个没什么知识的普通老头自然没这个觉悟，实在是强人所难，古经的破坏和流失的责任也不能全扣在王道士一个人的头上，相反资料保存最好的恰恰是流失海外的那部分，这不能说是个莫大的讽刺。如果有人把"王道士对敦煌古经保护做出了贡献"作为一个课题研究，确实有不少材料可以作为论据。正如清末台湾诗人王松的诗说："不合时宜知多少，生逢乱世做人难。"人是具有多面性的，无论是达官贵人还是平民百姓，都逃脱不了一个"难"字，做人难，定论更难。

结论易下定准难，不论是事还是人，从某一个方面去下一个结论相对容易，但要在最后给出一个全面的定论不是件容易的事。如今在追悼会上总结一个人的一生多是从档案里精简出这个人的主要工作经历，当着众人的面一读，之后档案随手一扔，就算把这个人盖棺定论了，至于本人生活中的细节、品德、性格等方面只能靠家人和亲朋好友的回忆了，到了孙子辈可能连其全名都不知道了，最后只能通过墓碑背面短短的几行字来了解自己的祖先，实在是件可悲的事。

孔子曾经讲过人生在世所要做的三件事："立德、立功、立言"，"立功"主要是从人活着的时候要实现个人价值的角度去讲。"立德"和"立言"是通过一生的修为最后在人生的末尾能够不留遗憾，平静安详地画上人生最后的句号，这同《易经》中易理"求得好死"的观点相近，能做到这点是很难的。因而，人生最后的定论很难下，真的是"未之难矣"。

职业皇帝也难当

职业虽然不分贵贱，但有些职业却属于高危职业，表面上光鲜的皇帝其实就是如此。

自秦始皇统一中国以来，历史上大多数皇帝最后都不得善终，像乾隆皇帝那样能舒舒服服地做了六十年的太平天子，又以太上皇的身份活到八十多岁，自称"十全老人"，仅此一例，这离不开其祖父及父亲为他打下的良好基础。祖父康熙皇帝平三藩，西征噶尔丹，收复台湾，为他奠定了统一的根基；父亲雍正更是位勤政的皇帝，对内整顿改革吏治、经济、文化等方面，为乾隆时期内政的升平盛世铺垫了良好的基础，因此才成就了乾隆皇帝成为史上最幸福的皇帝。其他多数皇帝都没有这么幸运，总结历史经验可以看出，朝代的更迭和内政的混乱，大多都不外乎女祸、藩镇、宦官、外戚这几个原因，不少皇帝被迫沦为了他们的傀儡和工具，有的甚至随时都有被杀头的危险。

如果把历史上各朝各代的皇帝进行分类，可以按照不同的类型分为多种类别，暂且把他们分为：创业的皇帝；选错行的皇帝；长于深宫妇人之手的皇帝这三大类，从漫长的历史来看，皇帝这个职业其实并不好当。

任何一个朝代的政风，都与开国之君创业立国时的学养和见解有着牢不可分的关系。汉朝的开国皇帝刘邦原本出身于一个普通的农家，整日游手好闲，常说大话，在旁人眼中是一个不管家庭生产，连自己的父亲兄弟们都不喜欢的人。可是他的运气却实在不错，在芒砀山的山沟里做着管囚犯工作的亭长，刚好从外地迁过来一家姓吕的大财主，在吕公做寿的时候他自己一个人空着手就去了，却在到访宾客的签名本上写了贺礼万金，然后坐下来大吃大喝。吕公得知后出来一看，对刘邦的样子大为惊奇，非但不生气，还准备与其结交，并把女儿嫁给他。刘邦到底长什么样子那时候也没照片，画像也没流传下来，历史上对他容貌的记载也仅有"隆准龙颜"这四个字，"隆准"是指鼻子长的很挺拔，鼻头比较大，有这种鼻子的人我们平时在生活中也有遇到过，不可能作为能成为皇帝的标准，主要原因还是古人讲的"功名看器宇"，通过看一个人的气度等整体方面，来预测这个人以后的发展。这个吕公的女儿就是著名的吕后，由于吕后出身财主家的大小姐，少不了有"骄纵"的习性，刘邦对吕后也是经常忍让，这源于出身不同的自卑感，再加上刘邦从一开始联合沛县的秘书萧何等起兵时，靠的就是吕家的经济支持，因此即使后来吕后经常做出点出格的事，刘邦也经常是睁只眼闭只眼，是可以理解的，这也为后来的吕后专政埋下了种子。

刘邦做了开国皇帝以后仍然不忘以前家人对他的态度，有一天专门对他父亲说："始大人常以臣无赖，不能治产业，不如仲力。今某之业所就，孰为仲多？"意思是我以前在家里时，常常说我是个无赖，不会谋生赚钱置业，不如兄弟勤劳，现在你看看，我所赚来的产业，比起兄弟们哪个赚的多呢？由此可以看出，出身、受教育程度不同即使当了皇帝还是一副无赖的作风。妻子吕后虽然出身富贵人家，毕竟古代女子是没什么机会读书的，从政处事的大原则不能从历史经验的书本中得到，这也就造成了历来女性控制权力就会重用自己娘家的亲戚，造成外戚之乱，这些都与自身的修为有很大的关系。受制于这对开国夫妇文化程度不高的影响，直到汉文帝时代社会的政治、文化、教育方面才有了比较大的起色，才有了后来的"文景之治"，多走了不少弯路。刘邦从起兵时就一直力求自保，整天担心别被项羽灭掉，当了皇帝还担心别人抢了自己的皇位，连对自己的妻子吕后也要时刻提防，本想出击匈奴一举解决边患，自己却差点把命搭上，最后连定谁接班都不能按照自己的意愿来。创业皇帝不好当，不但要费尽心血打下江山，还要为子孙后代守江山铺平道路，非雄才大略者难以胜任。

女怕嫁错郎，男怕选错行，历史上有几位皇帝如果让他们去做别的职业也许会干的不错，甚至会成为行业的佼佼者，可惜命运却安排他们选择了皇帝这个他们并不擅长的高危职业，注定了最终悲剧的结果。

南唐后主李煜，是南唐中主李璟的第六个子，按道理怎么排都轮不上他当皇帝，可是李璟的次子到第五子均早死，大哥李弘冀当太子时，他其实就成了次子。李煜从小就喜欢填词写诗，舞文弄墨，自己也从没想过当皇上，对当皇上也不感兴趣，偏偏大哥李弘冀不到三十岁就死了，自己就这样被推上了皇帝宝座。可他确实不是当皇上的料，整天搞自己的艺术创作，还与于大周后一同修补了《霓裳羽衣曲》，对于政事基本不闻不问，对外政策基本以求和为主。然而，卧榻之侧岂容他人鼾睡，宋太祖遂派大将曹彬领军队去攻打南唐。此时的李煜仍对宋王朝抱有幻想，希望通过纳贡保全自己父兄的基业，直到宋军都已经打到南京城下，连外围的秦淮河、白露洲都被占领了，李煜才醒悟过来，为时已晚。李煜在汴京以帝王之尊度过三年"日夕以泪洗面"的囚禁生活，受尽屈辱，尝尽辛酸，最后被宋太宗用药毒害而死。李煜的一生在政治上是失败的，却为后世留下了《虞美人》《浪淘沙》《乌夜啼》等千古杰作，并被后世称为"千古词帝"，也算是种补偿吧。

在灭了南唐的北宋，后来也出了一位对艺术痴迷的皇帝，就是宋徽宗赵佶。他对中国书法绘画的发展有着重要贡献，其中之一就是对于画院的重视和发展，使得这一时期的画院创作最为繁荣。在他的指示下，皇家的收藏也得到了极大的丰富，并且将宫内书画收藏编纂为《宣和书谱》和《宣和画谱》，成为了今天研究古代绘画史的重要资料。他自己也善于绘画，尤其重视写生，极其强调细节，以精工逼真著称。相传，一次宣和殿前的荔枝结果了，孔雀在树下啄食落下的荔枝。宋徽宗一看心血来潮，命画师们画一幅荔枝孔雀图给他评赏。他看完画师的作品后不满地说："你们虽画得不错，可惜都画错了，孔雀上土堆，往往是先举左脚，而你们却画成了先抬右脚。"起初画师们不信，反复观察后，果如赵佶所言，都佩服不已。宋徽宗不但绘画不错，书法也同样有着很深的造诣，独创的"瘦金体"自成一派，字体瘦而不柴，笔力强劲，直到现在仍然被人们争相学习模仿，但无论后世怎样临摹，都缺少字体间的帝王之气，真的是"一直被模仿，从未被超越"的典型。

与南唐后主李煜一样，两人放在今天都是标准的"文艺青年"，在其位却未能谋其政，治国上都很糟糕，公元1126年，金兵南下攻宋，破都城汴京。次年，将徽、钦二帝，连同后妃、宗室，百官数千人，以及教坊乐工、技艺工匠、法驾、仪仗、冠服、礼器、天文仪器、珍宝玩物、皇家藏书、天下州府地图等押送北方，汴京中公私积蓄被掳掠一空，北宋灭亡。因此事发生在靖康年间，史称"靖康之变"。当南唐灭亡时曾有不少宋人感叹："如果后主李煜将研究诗词的精力放在治国上，也不至于这么快的亡国。"宋徽宗又何尝不是如此呢？

到了明代，出了位更奇葩的不务正业的皇帝—明熹宗朱由校。他的爱好更为奇特，喜欢做木工，电影《十全九美》中精于木工的皇帝就是以他为原型的。朱由校自幼便有木匠天赋，凡是他所看过的木器用具、亭台楼榭，都能够做出来，乐此不疲，甚至废寝忘食。他觉着当时匠人们做的床太笨重，十几个人才能移动，并且用料多，样式也极普通，于是就自己设计图样，亲自锯木钉板，用了一年多工夫造出一张床，床板可以折叠，携带移动都很方便，床架上还雕镂有各种花纹，美观大方，就连当时的工匠都大为叹服。整天忙着做木工，哪有工夫管理国家，政事完全交由大太监魏忠贤负责，基本不管不问，直到临终时还嘱咐准备即位的弟弟崇祯皇帝朱由检要重用魏忠贤，真是到死都执迷不悟啊，只留下了一副难以收拾的烂摊子。可怜崇祯皇帝满怀理想抱负，努力勤政，却无奈大明王朝根基已腐，早已无力回天，被扣上了亡国之君的帽子确实有点冤。

第三种类型就是长于深宫妇人之手的皇帝，古代的皇帝多是如此。从小在女人堆里长大的男人性格多少都会有点缺陷，皇上也是人，同样也是如此。古时候女性受教育的机会不多，不像现在这么重视女性的教育，现代研究表明女性受教育程度的高低，对子女的成长发展起着至关重要的作用。历史上的女祸之乱多是由于主少母壮所引起，当汉武帝刘彻想立钩弋夫人的儿子弗陵做太子时，不顾众人的反对忍痛赐钩弋夫人自杀，就是为了避免生母独揽大权进而造成朝政的混乱，使吕后专权的悲剧重演。并且从小长在深宫中的皇帝，每天只能与身边的宫女太监为伴，自然不识民间疾苦。例如，晋惠帝司马衷闹出的笑话：有一年闹灾荒，老百姓没饭吃，到处都有饿死的人。有人把情况报告给晋惠帝，但晋惠帝却对报告人说："没有饭吃，他们为什么不吃肉粥呢？"报告的人听了，哭笑不得，灾民们连饭都吃不上，哪里来肉粥呢？可见晋惠帝是如何的愚蠢糊涂。后世的皇帝虽说没晋惠帝那么无知，但不知民间疾苦的皇帝却着实不少，这与他们从小的生活环境有很大的关系。

从以上的这些例子可以看出，皇帝这个职业真不是我们平时想象的那么好当。雍正皇帝可以说是个勤政的楷模，整天批奏折到深夜，好不容易刚睡了还没有四五个小时，就要被太监叫起来上早朝，又是一大摞的奏折，个人时间少得可怜，虽说他的死因一直是个谜，但过劳应该是其中众多原因之一。可见当皇帝其实是很孤独的，皇帝常称自己是孤家寡人真是一点都不错。

记得儿时看电视剧《宰相刘罗锅》，常在想和珅那么坏为什么乾隆皇帝还总是护着他，长大后才明白了原来皇帝也需要有人陪他玩，学问好的人未必能做事，和珅到很懂得皇帝的心思，做事总能使皇上满意。乾隆皇帝到晚年的时候对身边的人感慨："我不是不知道和珅的不好，可是要把他除了又有谁能陪我玩呢？"真是一语道出千古大实话，皇帝真不好当啊！

南面王的因果轮回

孔子曾对自己的弟子冉雍做出过"可使南面"的评价，意思是说冉雍有坐北朝南的帝王之才，古时也常把"南面"代指帝王。

人们常说"修身、齐家、而后平天下"，只有先"修身"才能"齐家"，身不修，家难齐，不但平民百姓的小家庭如此，身为一国之君所处的大家庭也是同样，始终摆脱不了一个无法逃避的原则，便是循环反复的因果定律，种什么样的因，得什么样的果报，不同时代的人们总是不断在演绎着相似的故事。如果从因果规律的角度去看历史，就会发现许多有意思且奇妙的事情。

魏晋南北朝可以说是一个"你方唱罢我登场，反认他乡做故乡"的乱世，每个政权都是短命王朝，大多夺取政权的手段也不怎么上得了台面，篡权并将前朝王室屠戮的现象屡见不鲜，最后还是怎么得来的又怎样还了回去。

南朝开始的第一代皇帝是宋武帝刘裕，农民出身，利用时势造英雄的机会上位，最后谋杀了晋安帝司马德宗，接着又毒杀了傀儡晋恭帝司马德文，自己当了皇帝，定国号为"宋"，不到三年就死了，一共传了七位皇帝，总共只有六十年就被权臣萧道成用同样的方法篡位，改国号为"齐"。当他要废掉只有十四岁的幼主顺帝刘准时，刘准也知道自己的下场，于是就说出了那句千古名言："愿后身世世，勿复生帝王家。"在相隔一千多年以后，当李自成的大顺农民军攻入北京城，崇祯皇帝挥泪拿起宝剑要杀掉自己的亲生女儿长平公主时，也说了句"汝何生我家？"于是背过身向长平公主砍去，好在性命无碍，只砍掉了一只胳膊。朱元璋是从寺庙中走出的皇帝，后来长平公主也出家为尼，又重新回归了佛门。历史事件有很多相似之处，不只是一种巧合。

再回过头来说萧道成，自己也只做了四年皇帝，后来的子孙被同宗的萧衍所废，就是后来的梁武帝，改国号为"梁"，萧道成的子孙同样没能逃过被屠戮的命运。梁武帝虽说一生信佛，但毕竟屠杀前朝子孙不是件积德的事，在位四十八年最后竟然被活活饿死了，还是不得善终。皇位传了七个不成器的子孙，被陈霸先篡位，仍然照旧杀了梁主萧方智。南朝的最后一位皇帝陈叔宝虽说没被杀，却被隋炀帝杨广当作战利品耍玩，真是生不如死。

隋朝的开国皇帝杨坚也是在北周篡位称帝，和南朝夺取政权的各位皇帝一样，几乎将北周国主宇文氏族杀个干净，后来杨坚的次子隋炀帝杨广继位，搞得民怨沸腾，自知长久不了，常常照镜自说："好头颅，谁当斩之？"却不曾想到被宇文化及所杀，短短的三十多年隋朝就灭亡了。

被称为第二个南北朝的五代十国时代，由唐末手握重兵的地方藩镇势力所起，开始的第一代"后梁"太祖朱温，原本是黄巢的部下，黄巢兵败便投降唐朝，后来谋杀了唐昭宗，废了唐哀帝，自称"梁帝"，靠谋杀夺取政权的结果当然不得好报，最后被自己的儿子朱友珪所杀。接着便进入了胡人专政的"沙陀"三族时代，因为后唐的李存勖、后晋的石敬瑭、后汉的刘知远都是沙陀人（在今天新疆境内）。再往下，后汉的部将郭威篡位称帝，改国号后周，他死后没有儿子，于是由他的养子柴荣当了皇帝，就是后来著名的周世宗，在位六年就在伐辽的途中死了，他三岁的儿子即位，称为"恭帝"，孤儿寡母想稳固政权只能依靠当时手握兵权的赵匡胤，不曾想到刚让他带兵出征就发生兵变，成为了赵宋天下。

赵匡胤从后周柴氏孤儿寡母手中夺得皇位，有趣的是二百多年后元朝大将伯颜将南宋的末代小皇帝宋恭帝和皇太后一同俘虏走了，赵家的两宋王朝也就此灭亡了，令人感慨的是这并不是孤儿寡母果报的唯一例子。

清代初期努尔哈赤为了统一北方各部族，亲征蒙古后裔叶赫部族，尽其灭国，叶赫族贝勒金台石宁死不降，并且发誓，只要叶赫族有一人在，即使是女的，也必报此仇，这就是清朝两百年来绝不娶叶赫族女子做妃子的原因。直到咸丰皇帝时期才娶了叶赫那拉氏也就是后来的慈禧太后，清朝最后的灭亡跟慈禧的独断专政有很大的关系，说其毁掉了清王朝的根基也并不为过，临终立了年幼的溥仪为帝，不到三年，隆裕皇太后便被迫下了退位诏书。想当年孝庄皇太后带着年幼的顺治帝孤儿寡母的入关，不到三百年又是孤儿寡母的被轰下台，溥仪后来又回到先祖起家的关外做起了伪满洲国的皇帝，真是让人唏嘘不已。

一国的大家庭如此，个人小家也是同样的道理，所谓"祸福无门，唯人自招"，如今讲的先做人后做事的说法其实也来源于古人"修身""齐家"的道理，假如每位家庭成员都能加强自身的品行修养，那么这个家庭就会相对比较和睦，家庭和个人的祸患都会自然的减少。

当今的人们越来越希望能趋吉避凶，不信佛却迷信烧香，对佛家经典一无所知，烧的香却越来越粗、越来越贵，边烧香还要同时求佛祖保佑升官发财，子孙多福，最好还能把自己所做的坏事一并给注销了，这当然是不可能的事情。《易经》中所讲的"自助者天助"，靠投机取巧、耍手段来达到目的，自以为很聪明，到头来怎么得来的又怎么还回去，世上没有只占便宜不吃亏的事，这也许就是天道吧。

帝王将相的必读之书

唐太宗时期的宰相虞世南非常推崇《易经》，曾经说过："不读《易》不可为将相。"药王孙思邈也曾说过近似的话："不读《易》者不可为太医。"

《易经》自古以来就被誉为是经典中的经典，哲学中的哲学，智慧中的智慧，长期以来一直被人们列为五经之冠，并且历朝历代第一流的人物大多也都是研究《易经》的行家。有人认为《易经》不可信，但一本书能把古今一流的人才都骗了也不是件容易的事，足以证明其伟大。

易学最早可以从上古时期伏羲画八卦开始，传说伏羲是人首蛇身，古代许多画像都以此为造型。还有一说认为伏羲曾在公元前 29 世纪中叶统治上古中国，活了 197 岁，葬于河南的太昊伏羲陵，他从"洛书"中参悟出八卦。其实伏羲是否真实存在并不重要，重要的是为后世留下了八卦图这宝贵的财富。

八卦由"洛书"衍生出来，"洛书"源自天象。古代人们认为天象的变化是上天对人间祸福的警示，只有通晓神意的人才有资格获取统治权。因而，在中国天文学往往是帝王必须掌握的神秘知识，用来颁布历法，指导农业生产，从伏羲到尧、舜、禹都与"巫"密不可分。

八卦逐渐演变为《易经》，一般分为夏《连山易》、殷《归藏易》和《周易》。现在提起《易经》一般都是指《周易》，是周文王坐牢时研究《易经》所作的结论。在此基础上，后来对《易经》的补充解释逐渐增多，既有关于道德方面的箴言，也有形而上领域的看法，这些补充最终以"附录"的形式写入《易经》后面，被称作"十翼"，又称《易传》。中国传统文化包括儒家、道家、中医学等很多文化，皆与《易经》有着很深的渊源关系，就连外来的佛学也与此有着密切的联系，不但里面有些内容相通，名词也有借用。《易经》经过伏羲、周文王、周公、孔子等人的不断发展与完善形成了完整的易学体系，构成了中国文化最基本的根基。《易经》长期以来被很多人误认为是卜卦、算命的书，因此受重视的程度不够，若非圣贤很难将其学通。孔子对其有句话说得很妙，即"玩索而有得"，本着玩的心态学《易经》，不必完全学通，有所收获即可，真要是完全学通了人生也就失去了乐趣。

所谓"不读《易》不可为将相"，是因为古代读书人一般都需要掌握命理、地理、医理，《易经》将这三理都包含其中，治国齐家更是离不开这三理。

中国历来重视孝道，既然万物都是在不断变化的，物质会经历一个"成、住、坏、空"的过程，那么人当然也不可避免，"生、老、病、死"是人生必经的四个阶段，不管是帝王将相还是平民百姓都一样，当父母年事已高、体弱多病时就需要懂得命理，知道什么时候是关口，好提前做准备。孔子曾说："父母在不远游"，很多人都把这句话奉为尽孝道的经典名句，认为家中有年迈的父母就不应该出去做事，应专心在家伺候老人，这实在是后人断章取义，误解了孔子的本意。这句话后面还有一句是"游必有方"。孔子并不反对外出远行，但要有方向目的，知道什么时候必须要回来，这就体现了命理学的重要性。

为亲人挑选墓地，也一直是中国人自古以来尽孝道的大事，这就需要懂得地理学。过去挑选墓地不代表迷信，主要是为了避免棺木被地下的水流浸泡。道家历来认为山泽相通，地球内部是一个相通的整体，地下的水流也是不断移动变化的，就需要懂得水流的走势，后来就演变成一门专门的学问——堪舆学，风水学也是从堪舆学中而来。

现在很多人热衷于看风水，不管是买房置地还是办公装修，一切唯风水为主，这就真成了迷信。所谓的迷信就是对自己不了解的事物盲目的相信，自己从来没有去进行过深入的研究，只有当自己对未知事物有所了解，进而懂得其中的道理才不叫迷信。

对于风水也是一样，不能盲目相信，正所谓"一德二运三风水，四积阴功五读书"。个人命运的好坏自身的德业排在第一位，假设人生只有六十年，每二十年为一个阶段的话，后二十年所经历的事情，基本上就是前面四十年所做的事情的果报，还有因果通三世，都源于《易经》上所讲："积善之家必有余庆，积不善之家必有余殃"的善恶因果观。佛教最初是教人断因果，把人间称为秽土，进入到不受打扰的涅槃就要脱离因果，后来也宣扬因果报应，显然是受到《易经》的影响，逐渐中国化了。风水与德业相比较只能算是小术，如果把其当成无所不能、升官发财的工具就大错特错了。

医理与人们的日常生活可以说最为密切，因为谁也不能保证自己不生病。古时医疗条件不发达，没有那么多的医生，一个偏远地方要是出了个秀才那可了不得，十里八乡的人们遇到解决不了的困难都会去找他，当然也少不了看病。不少秀才虽说不是专业的医生却经常能给人治好病，原因就于懂得医理。医理并不等于医技，著名的《黄帝内经》就是最早记载医理的著作，比西方早了好几千年。现今有不少人认为中医不治病，其中的主要原因就是长期只重视医技而忽视了医理的研究。譬如《黄帝内经》这类古书里包含许多神话传说、阴阳五行、玄学之类的东西过于难懂，因为先秦时代的"医"与"巫"相通，二者是不分家的。《黄帝内经》的最初版本早已失传，现今的版本据传是唐代道士王冰所编，补进去了不少道士养生修炼的方法，基本上是道医，要是不了解《易经》就很难理解。然而，长期以来人们一直戴着有色眼镜来看《易经》，对于古代医书里有玄学的东西认识有限，甚至把其当成封建迷信对待，不能不说是现代中医发展的一大遗憾。

　　孙思邈不但是"药王"，也是位道家的代表人物，相传龙王和老虎都去找他看病，真实与否暂且不去考究，却足以说明其医术的高超。他说"不读《易》者不可为太医"主要是因为中医以医人为主，使人体内的阴阳五行得到平衡，从而达到"治未病"的效果，而不在于医病，这同西医有着本质的区别。

　　《易经》认为宇宙万物皆有阴阳，后来阴阳与五行学说相联系，人体的五脏刚好与五行相对应，彼此之间相生相克。如肺部出了问题，由于肺属金，金生水，肾与水相对应，那么肾也一定亏。经常有人去看中医，一听医生说肾也有问题，肝也有问题，脾胃也有问题就慌得不得了以为自己得了大病，其实懂得其中的原理就完全没必要惊慌，五行相生相克环环相扣，一个地方出问题其他的地方一定会出问题，使其平衡了，病也就好了。中医治病同样也离不开二十四节气和天干地支，夏至一阴生，冬至一阳生，夏至开始地球万物的阳气开始内收，到了冬至阳气逐渐的开始释放，周而复始。夏至过后表面上觉着气温挺高其实阴气已经开始逼上来了，整个地球的阳气都开始往内部收缩直到冬至，冬病夏治也是根据夏至后的三伏天阳气刚开始内收达到"治未病"的效果。农民的耕种同样也是根据阴阳的变化规律利用二十四节气从事农业生产，是非常有科学道理的。辛亥革命后民国政府曾推广西方的纪年法，但民间一直是你过你的年，我过我的年，因为"民曰不便"。直到现在人们还是过农历新年，这与中国传统的生产生活是密切联系的，不是人为想改就能改变的。

读书人要知晓三理，那么当将相就更要懂得了，不但要懂，还要善于运用。古装剧中大将军穿着经常一半是便于拿武器的窄袖，另一半是宽大的袖子，里面还有个大袍子，这种装扮其实代表了古代武将要具备文武合一的精神。如果只是一介武夫，不论武功多高只能称作战将，充其量当个先锋，想要当元帅就必须能文能武，并且要上知天文下知地理，因为在野外陌生地域作战，尤其到了晚上就需要靠星象辨别方向，没有水源就需要利用山泽通气的原理去寻找等等，这些都是《易经》在作战中的实际应用，因此也就不难理解为什么历史上很多有名的将领都是儒将的原因了。

提到为相的典范当然少不了神机妙算的诸葛亮，有人说中国几千年来能够真正做到"立德、立功、立言"的只有两个半人，诸葛亮排第一，明代的大儒王阳明第二，剩下的半个是曾国藩。这三个人中诸葛亮的知名度最高，人们都熟知他常常掐指一算就知晓天下事，当作神仙级别的人物，不少人都很好奇动动手指头怎么就能预测事情，觉着没有道理，这是不懂《易经》的缘故。其实八卦可以与手指相应的部位对照，高手可以通过手指上对应的八卦经过复杂的计算就可以得出卦辞、爻辞，这些卦辞、爻辞实质上就是回答求问事项的各种公式，再结合《易传》中根据事物普遍性原理，制定出的各种标准答案，就可知晓大概情形，并非是随便臆想出来的。

诸葛亮当年借东风也是根据《易经》气象的道理，知道十月立冬以后必有一两日会刮起一阵东南风，因为阴极则阳生，会出现一个小阳春，就穿上道袍故弄玄虚假装去借东风，最终大破曹军。

曹操当时把战船都连在一起的时候也考虑过会遭火攻，但认为不可能刮东南风，直到损失了几十万大军，自己也差点丧命后闭门读《易经》，才悟出了东南风的道理，看来想要成为帝王还真离不开《易经》。虽说曹操学《易经》的成本有点大，却避免了其日后犯更大的错误，终成一代枭雄，只可惜他学晚了，当不了帝王只能委屈当将相了啊！

鸠摩罗什与《金刚经》

在中国佛教发展的历史中，鸠摩罗什与达摩祖师是有着同等重要作用的两位先驱人物。禅宗的思想体系多源自达摩祖师，却很少有人知道中国佛教中的成实宗、天台宗的学说来源于鸠摩罗什的译文讲义。至今，他所翻译的《金刚经》仍然是众多版本中最为出色的，为后世留下了宝贵的财富。

鸠摩罗什生活的时代正是"五胡乱华"南北朝时期，晋朝的士大夫们注重《易经》《老子》《庄子》的"三玄之学"，曾经主流的孔孟儒家思想早已没落，提倡的"仁义礼智信"等观念被认为是空谈，丧失了群众基础，直至宋代程朱理学的兴起才得以恢复，儒教的这段沉寂期同时也给佛教的发展创造了条件和空间。佛教不仅被中原汉人所接受，北方的胡人也倾心学习，为了争夺鸠摩罗什法师更是灭了三个大国，数十个小国，这在中国历史上是空前绝后的事。

北方"五胡乱华"的局面几乎与两晋王朝相始终，边疆少数民族问题自秦始皇统一中国以来，一直是历朝历代政府最为重视的事情。中华文化有"王道治天下"的传统，倡导"包容"精神，无论什么文化都可以和中国文化很好的融合，种族歧视在中国也很少出现。达摩祖师正因为中国有"大乘气象"，具有"娑婆世界"中慈悲堪忍的精神，因此才决定来中国弘扬佛法。就连横扫亚欧不可一世的蒙古帝国也因忌惮中原文化，面对军事力量明显处于下风的宋朝不敢冒然进攻，先是扫清周边所有障碍形成包围之势，后经多次试探性的进攻才夺取了中原政权，最终仍然被中原文化所融合，归于中华民族的大家庭中。

"五胡"主要是指当时崛起并建国的匈奴、鲜卑、羯、氐、羌等少数民族的统称，他们多数早已被汉化，对中原文化都有一定的学习和了解，在性格上仍保留了游牧民族的彪悍性，先后建立起赵、燕、凉、秦、夏等十六国。由于在身份上认同自己是中国人，借着晋室混乱想趁机"逐鹿中原"，但瘦死的骆驼比马大，晋室王朝还是以少胜多打赢了历史上著名的"淝水之战"，谢安、谢玄重创前秦王苻坚，"五胡"始终也没能在中原兴起大的风浪，最多只能算得上在西北方的"内乱"，反而促进了胡汉交流，使这些少数民族逐渐融入中原文化。

十六国中有着藏人血统的前秦王苻坚文武兼备，倾心于文化，受过中国传统教育，甚至还有几分书呆子的习性。尤其是他在与晋军交战前，让被俘的晋朝大臣朱序专程拜访晋军，以彰显礼仪，不料朱序却把前秦军队的虚实告诉对方，还替晋军参谋了作战方针。淝水之战中，前秦的军队刚一后撤，朱序又在阵后散布谣言说苻坚已败。苻坚的部队本来就是由北方各民族的杂牌部队组成，虽然号称八十七万，却是一盘散沙，难以有效统御，结果对谣言信以为真，晋军仅以八万人大胜前秦军队，苻坚自己也身中流矢，遗憾地未能见到鸠摩罗什。

符坚还非常重视学者和高僧，听说西域有高僧鸠摩罗什，就派大将吕光率兵七万西征鸠摩罗什当时所在的龟兹国（今新疆境内），希望得到鸠摩罗什为自己所用。吕光一路上共消灭或降服四十余个小国直逼龟兹国，迫使龟兹国王交出了鸠摩罗什。正当吕光带着鸠摩罗什走到半道准备回去交差时，听闻符坚兵败淝水已死，于是自称"凉帝"，建立后凉国。吕光毕竟是武将出身，根本看不出来鸠摩罗什到底有什么了不起的地方，何况当时鸠摩罗什年仅三十出头，自然得不到重视，经常遭到吕光的戏谑，但他都忍受了下来。直到十多年后，西戎羌族的姚兴建立后秦（也称姚秦），为能请到鸠摩罗什弘法传教，出兵后凉，大败凉军。后将鸠摩罗什请入长安拜为国师，在长安的逍遥园和西明阁译经说法，门下弟子有两三千人之多，堪比孔子，并率弟子共译出佛经七十四部三百余卷，其中就包括广为流传被人们所熟知的《金刚经》，对佛教的发展做出了极大的贡献。

　　在鸠摩罗什所翻译的佛经中《金刚经》和《法华经》影响中国文化极大，三教合一的全真教也讲《金刚经》，《法华经》更是成为天台宗的根本经典。鸠摩罗什所翻译的佛经文字优美，形成了特有的佛教文学，连后来著名唐代玄奘法师的译本都无法超越鸠摩罗什，他的文字本身就具有很高的智慧。《金刚经》之所以影响深远，是因为它破除了宗教的界限，超越了一切宗教性，同时也包含了一切宗教性。《金刚经》里说"一切贤圣，皆以无法而有差别"，佛认为所有宗教的教主都是得道的，只因个人程度的深浅、因时、因地的不同所转化的方式有所不同而已，这和中国文化中"圣人以神道设教"观点相似，可以说是部超越宗教的大智慧。

鸠摩罗什所译的《金刚经》全称为《金刚般若波罗密经》，有的版本称为《能断金刚般若波罗密经》，"能断"的意思是能断绝世间一切烦恼痛苦而成圣成佛。鸠摩罗什可能认为"能断"已经包含在经文中了因而没加到名字中去。金刚在金属中最为坚固，如金刚钻一样能破一切法，并能建一切法而无坚不摧。"般若"相当于大智慧，并不是普通的聪明，是指能够了解道、悟道、修证、了脱生死、超凡入圣的根本智慧。"波罗密"是梵文译音，一般翻译为到彼岸，整个名称的大意为：能断一切法，能破一切烦恼，能成就佛道的般若大智慧，脱离苦海而登彼岸成就的经典。中国佛教的禅宗尤为推崇《金刚经》，禅宗五祖弘忍大师就曾说过要想成佛悟道念《金刚经》就可以了，六组慧能也因《金刚经》而开悟的，南禅宗一直以《金刚经》为主，因此后世的禅宗也被称作般若宗。

鸠摩罗什之所以能取得巨大的成就，除了自身的原因以外也离不开当时所处的外部大环境。两晋时期中原传统的孔孟文化早已沉寂，北方的胡人政权看惯了晋室间的相互争斗，对儒教也丧失了兴趣，中原文人对当时的政权逐渐产生了悲观和厌倦，"五经之学"没有了实际用途，佛教的传入使得文人士大夫们得以脱离现实，走上求佛问道之路，属于"不归于佛，即归于道"的时代。

鸠摩罗什法师恰好是在正确的时间做了正确的事。后来统一北方的北魏王朝建造佛寺三万多所，南方也有"南朝四百八十寺，多少楼台烟雨中"的盛况，佛学影响了社会各个阶层，繁盛一时，鸠摩罗什法师功不可没。

"齐家" 与祠堂

西方人认为中国人没有信仰，是因为中国人没有一个绝大多数人共同信仰的宗教。没有共同信仰的宗教并不代表没有信仰，其实每位中国人都有一个超脱宗教的信仰，就是传统的家庭观。

西方有学者曾认为在中国传统文化中缺少社会观念。中国古代"社"与"会"是分开说的，"社会"一词是由清末留学生从日本转译过来的。中国的传统文化中其实一直包含着社会观，主要体现在"齐家"中。

在以农业为基础的古代中国，若非考取功名后做官，人们很难离开自己祖辈们世代生活的土地，一个宗族就成为一个小社会，中国最早的"社"，性质就属于"宗社"，其自身有着复杂的组织性，中国的社会制度基本上就是家族制度。即便是现代社会，家庭制度也是作为一切社会和政治生活的基础，尤其是在适龄男女的婚姻问题上表现最为突出。

中国人在择偶问题上历来讲究"门当户对"，婚姻问题不仅是两个人的事，更是两个家庭社会政治关系的联合，"气味相投"的两个人也符合现代优生学。如果把家庭比做一棵大树的话，那么两个家庭的联合势必希望这棵大树能够开枝散叶，变得更加茂盛，女人的作用就显得尤为重要。台湾著名学者曾仕强先生说过一句玩笑话："如果你有一个仇人想找他报仇，那么生一个女儿不好好教她，将来嫁给他儿子，结果他全家都完了。"曾有研究表明一个家庭的幸福与否百分之八十与女主人有关，足以证明妇女在家庭生活中的地位。

　　所谓"齐家"的齐在古代读作持家的"持"，也有读作治国的"治"，有维持治理的意思。古时如果一个大家族能够团结共处，背后一定离不开一位德高望重的老妇人，例如《红楼梦》中的贾母，《杨家将》中的佘太君，《大宅门》中的二奶奶等。在传统的大家族中维持人伦之道的多是这些有着伟大母德的妇女，是不能被忽视的。婆婆挑选媳妇都希望出自勤俭书礼之家，主要也是出于对子孙后代的一种责任，媳妇的品行、体质、受教育水平会对孙子辈产生直接的影响，对整个家庭的盛衰荣辱也起着至关重要的作用。对媳妇的要求越高，婆媳关系就越难以相处，因此多数婆婆都喜欢挑选与自己性情相近的女人做儿媳，希望能把自己持家的理念一代代的传承下去。

　　中国人常说"长生不老"，却很少说"永生不老"，任何事物都会经历一个循环反复的过程，没有什么东西是能一直永生的，即便是神仙也不例外。《西游记》中提到的神仙们是可以长生不老的，却没有说他们可以永生不老，蟠桃和人参果是天界神仙们得以长生的妙药，地界的妖魔鬼怪当然吃不上这两样神物，只能把希望寄予十世金蝉子转世的唐僧身上以求长生。中国人嘴上不说永生，却把它贯穿于"齐家"中。爷爷奶奶一般都格外亲自己的孙子辈，看到他们就会感觉到自己的生命得到了延续，就是自己的骨血，因而中国家长最为关切的事情就是亲见自己的子女成家立业，看到自己孩子的另一半是怎样的人，生出来孙子孙女是什么样方才安心，就是进了骨灰盒也无憾了，因为自己已经通过另外一种方式得以"永生"。

由此可见，中国传统社会和生活都是组织在家庭制度的基础上，中国人的内心有着很强的家庭荣誉感，"光耀门楣"、无愧于祖先就是流淌于中国人血液里的团体精神，也是孝道的集中体现，只是较少将这种精神发扬与宗族家庭以外。因而，在中国历史上以宗族乡党为主要组成的军队都有着很强的战斗力，如"杨家将"、"岳家军"以及曾国藩的湘军等等，因为多数人心中都会有着不能蒙羞于家族乡亲的思想观念，进而使部队形成凝聚力。但这种以宗族乡党为主要组成部分的部队也同样有着很大的弊端，譬如民国初的军阀混战，各个派系间你争我夺，部队的官兵只知有大帅，不知有国家，造成了有国而无防的混乱局面。

传统的宗族观念过去多是以"祠堂"为载体，族人祭拜自己的祖先，祖先成为家族的共同象征。在某种程度上也可以说是一种宗教，并且这里面很少超自然的成分，更没有所谓的教主，祭祖的礼仪逐渐形成了一种非常合理的宗教仪式，人们的虔诚度甚至超越了其他宗教。不少人在寺庙中经常上炷香或捐几元钱就希望菩萨既保佑自己升官发财，又要保佑自己幸福健康，欲望要求甚多，而对于自己的祖先所有人都是怀着崇敬的心情去祭奠，最多也就要求保佑个家庭平安，很少有许愿希望回报的情形，这才是发自内心最为真实的祭拜。

家庭是社会的根基，古代社会生活尤其是乡村生活多以宗族管理体制为基础，宗族家庭就如同现在的社区，族长有着绝对的权威。祠堂是宗族活动的重要场所，里面放着"族谱"和"家规"，还供奉着祖先的牌位，是个绝对神圣的地方。在小说《白鹿原》中，族长白嘉轩就经常定期在祠堂里带领着族人们一起读刻在石碑上的"乡约"，相当于家规和契约，还兼具道德教化功能，古代农村社会生活能保持着较低的犯罪率与这种宗族家规有着直接的关系。康熙皇帝就深谙其中的道理，他曾颁发"圣谕"，要求村里的读书人每月初一、十五在乡村祠堂里讲解"圣谕"，极力推行儒家的孝道，因为谁也不想辱没了祖宗。后来雍正皇帝重新扩充了康熙的"圣谕"，成为《圣谕广训》，形成了一种循规蹈矩的社会风气，就是不识字的普通农民也知道哪些事可以做，哪些事不能做，如果犯了家规就会像《白鹿原》中的黑娃那样被族人绑着跪在祖宗牌位前施以"家法"。虽然有很大的流弊，但在官民比例极低，体制落后的古代，要想维持治理好偌大的中国，这也许是最好的一个办法。"齐家"成为治国的重心。

中国人的个人理想也多是建立在家庭理想的基础上，都希望个人的成功能给整个家族带来荣耀，以自己为荣，没有人愿意遗羞于家族。古时如果一个家族中出过一位状元或进士，即使过去几百年族人们提起来也会感到荣耀。现今早已没有了科举考试，高考状元年年有，轰动效应还远不及从前的中举人。相反，假如一个家庭中有子孙不孝，败坏家族的名声，则是整个家庭最大的失败和最为悲哀的事情，"有子万事足"还是要建立在子孙成才的基础上。

孔子曾说："老者安之，少者怀之。""内无怨女，外无旷夫。"这既是一种家庭理想也是一种社会政治理想。"修身""齐家"而后"治国"，家庭和孝道是社会的基石，家和才能万事兴。

从"无为"看用人之道

老子《道德经》中讲:"无为而无不为,无用而无不用。""无为"并非是不为,如果把"无为"误解为是毫不作为的意思,那可真是冤枉老子本人了,老子所说"无为而无不为"的意思主要是说明人应该效法天地,行其所当行,止其所当止,要顺其天道自然的规律。

将这种"顺其自然"的思想拓展到治国方面就是"无为而治",就是君无为而让臣子去有为。例如,君主在处理事情以前,已经对可能存在遇到的问题进行了缜密细致的规划,做出了合理的工作安排,在执行阶段就可以放手给下面的负责人做,自己就可以真正做到"无为"。人的精力是有限的,如果君主什么事都亲力亲为,就会像崇祯皇帝那样,自己非常勤奋,最后却亡了国,还把亡国的原因归罪于臣子,完全不懂君王之术。

汉文帝刘恒就非常推崇黄老之术,当时还没有老庄一词,老子常和黄帝合在一起讲,"清静无为、与民休息"的观点是符合汉初政治环境的。汉文帝将其定位成为民造福的工具,提倡顺应"民之自然",同时顺应利益分配的规律,在功臣集团、诸侯王之间做到最大限度地利益均衡。公平就不容易产生矛盾，与无为而治高度契合，从而使汉文帝在执政过程中相对"守静"。

想要真正做到"无为而治"就不得不谈到用人。对于人才，古代有三个基本的原则，便是才、德、学。有些人有品德没才能，让品德好的人坐镇后方领导一定很放心，但让他去开创新局面也许就力不从心了。同时具有德才兼备的人是很少也很难得的，缺的那一方面刚好可以用学去补救。活到老学到老，学习过程的本身也是修行的过程。孔子观察人也有三个原则：一、"视其所以"；二、"观其所由"；三、"察其所安"。意思是看他的目的是什么，知道他的来源、动机是什么，再看看这个人平常能不能安于现状。

纵观中国古代建功立业者，都是善于用人的高手。朱元璋和尚出身，并无什么大学问，却能像汉高祖刘邦一样善于识人、用人，得到了一大批各有所长的人的帮助，让他们发挥各自所长，自己"无为而治"，帮助他建立了不朽功业。单从将领方面来说，徐达善于指挥大兵团作战，乃天生的帅才。常遇春人称"常十万"，擅长千里突袭。第一次见朱元璋就说："我找你来就是做先锋的"，朱元璋果然让他当了先锋，乃至后来他的亲戚蓝玉，继承了他的千里奔袭的特点，深入大漠，直捣敌军老巢，消灭了元朝最后残存的余部，建立奇功。耿炳文善守，在朱元璋创业初期他一直负责防守张士诚，为朱元璋集中精力对付陈友谅与元军解除了后顾之忧，功不可没。但其缺点也同样突出，就是不善指挥进攻作战，朱元璋放心地把这位不会对江山造成威胁的老将留给了建文帝，无奈后来碰上了能攻善守、文治武功都远胜于他的朱棣，只会防守是守不住的，真是人算不如天算，最后只好顺应天道了。

在《水浒》中，宋江武功平平，文采一般，还又矮又黑，却能坐上梁山头把交椅，靠的也是识人、用人。水泊梁山的建立于稳固，不仅要靠李逵、花荣、戴宗等宋江的嫡系，还要平衡好与鲁智深为首的"二龙山"、阮氏兄弟的"晁盖帮"、关胜为代表的"降将派"的关系，才能达到"无为而治"。宋江最成功的用人既不是吴用也不是李逵，而是卢俊义，没有卢俊义宋江即使坐上头把交椅，也会因各派系间的角力而坐不安稳，况且晁盖的遗言是"若哪个捉得射死我的，便叫他做梁山泊主"。宋江自知自己文不成武不就，史文恭武功高强，就连五虎将之一的秦明刚二十几个回合，就被史文恭挑下马来。梁山中能与之抗衡的也就数林冲了，自己想抓着他简直是天方夜谭，何况林冲当年火并王伦，迎晁天王一行人上山，算得上是元老级的人物，又加上有着八十万禁军教头的号召力，自己实在是没太多的竞争力。思来想去终于物色到了河北人卢俊义，此人家境殷实，武艺不逊史文恭，主要是为人老实，没太多心眼，真是再合适不过的人选了，就用计逼上梁山。在攻打曾头市时，最有希望抓到史文恭的林冲却被安排了在家守寨，宋江率领的五千主力刚开始也只是佯攻，一副不与卢俊义争功的意思，最后设计里应外合将史文恭故意赶到卢俊义负责的小路上，被卢俊义伏击所捉。纵观整个过程，宋江自一开始就摆出不与卢俊义争功"无为"的样子，实际上整个计划在一开始就是经过了精心筹划的。卢俊义捉到史文恭后也自知自己资历尚浅，难以服众，就主动让位给宋江，完全达到了宋江最初的设想，很好地诠释了"无为而无不为"的思想。试想如果真是林冲坐上头把交椅，过着今朝有酒今朝醉的日子，只能是加速梁山的灭亡。而宋江用今天的话讲是位有理想的青年，盼望着自己强大后，有一天赵老板对其进行国有化收购，改私姓公，报效国家。宋江合理的用人哲学帮助他可以"无为"的治理好整个梁山集团，不断的优化重组"二龙山"、"桃花山"、"芒砀山"等小公司，建立起了有着强大实力、资产优良的综合集团，有了和赵宋王朝谈判的资本。

在近代，毛主席在解放战争中将"无为"的用人哲学，发挥得淋漓尽致，不仅善于任用军事将领，还善于为其找搭档。

粟裕与林彪二者皆是军事天才，不同的是林彪的部队长期跟随中央，经常还要担负着保卫党中央的任务，所以有七成的取胜把握才敢打。粟裕则长期远离中央，没有后顾之忧，有五成的把握就敢打。著名的孟良崮战役整编七十四师师长张灵甫乃抗日名将，有勇有谋，是蒋介石嫡系部队的五大王牌之一，为了吸引粟裕的主力部队，张灵甫命部队放弃辎重，坚守兵家绝境之地的山头，只要能坚守三天，在他附近的援军就能赶到，就可以完成对粟裕的反包围，一举歼灭粟裕主力的战略设想。对于粟裕来说这真是一步险棋，如果在三天之内拿不下山头那么就有全军覆没的危险，粟裕最终果断出击，孤注一掷，终于在第三天援军还没到达前就拿下了阵地，扭转了整个战场局面。

在淮海战役中毛主席更是充分的信任粟裕，从集中主力于长江以北打大仗，到"大淮海"的战役战略规划，均由粟裕参与提出，再以中央军委的名义颁布实施，有关作战的电报多数也都指明发给粟裕，老资格陈毅非但毫无怨言，甘愿做绿叶，为粟裕保驾护航。

林彪指挥辽沈战役，只需将大的作战方案报请中央，具体怎么打，怎么执行，全靠林彪依据战场形势及时作出判断部署，有效地避免了延误战机的可能。林彪虽善于打仗，但是性格内向、怪癖，容易得罪人，毛主席就给派善于做思想政治工作的罗荣桓与其搭档，从黑龙江一直打到海南岛，所向披靡。

蒋介石在用人上常多疑，讲究同乡渊源，唯"黄埔系"和"浙江帮"才能受到重用，"浙江帮"更是独掌军、特、党大权，军队中有陈诚、汤恩伯、胡宗南等，军统的戴笠、毛人凤，党务系统的陈果夫、陈立夫兄弟，身边的侍从多是从宗族中挑选。如遇战事，对下级不能充分信任，总想事必亲躬，辽沈战役中直接架空卫立煌，亲自指挥，在当时信息通讯还不发达的年代，这样的越级指挥只能适得其反延误战机。

国民党内部派系林立，在关键的战役蒋介石只亲信自己的"黄埔系"，不能"无为而治"。胡宗南被称为嫡系中的嫡系，统领大兵团除了进攻延安占领了座空城之外鲜有值得炫耀的战绩，在解放战争中还差点全军覆没，就连国民党内部也有人看不下去，大骂胡宗南也就是个团长。可见用人的失误也是蒋家王朝覆灭的主要原因之一。

处事"无为而无不为"，做人"功成、名遂、身退，天之道也"，"行其所当行，止其所当止"，才是天理的固然。

由养士到择业

养士——"智、辩、勇、力"

在还没有实行科举的春秋战国时代，读书人通常是游说各国诸侯兜售自己，以便发挥自己的才能为所在的诸侯国谋利。例如，能同时佩戴六国印的纵横家苏秦，其实就是一位成功的自我营销专家。

苏秦只是个例，大多数读书人只能退而求其次，卖给世家公子做宾客，依靠权贵人家求出路，也被称为"养士"，将这些人组合在一起就相当于现在"幕僚"或"研究院"。

"养士"最为出名的莫过于人们熟知的孟尝君。相传有宾客三千，什么人都有，当然也不乏鸡鸣狗盗之徒。古代人们对"士"阶层有着严格的标准，并不是什么人都可以称为"士"。苏轼把养士分为"智、辩、勇、力"四种人，实际上就是两种人：一种用头脑，一种用体力。鸡鸣狗盗之徒并不在其列，最多属于奇技淫巧之流，因而当时人们都嘲笑孟尝君让这些人做宾客毫无用处，还降低了主人的身份，孟尝君却始终固执己见，终于在后来孟尝君从秦国逃跑的过程中立下大功。这几类人都有一个共同的特点就是可以替人家做事，但让其自己出来独当一面却没这个能力，无法役于人。

汉高祖时的张良可以说是位能谋善辩，有勇有谋的人才，可他自己最初组织起义军反秦时就感到力不从心，最后只能依靠刘邦来充分发挥自己的才能，帮助刘邦奠定基业，使自身价值得到体现。所以说要想用好"智、辩、勇、力"这些人必须知人善用，把他们放在最合适的岗位才能充分发挥他们的才能。

"智"与"辩"二者相通，看起来一样，但也有区别。所谓智者首先要以德业为基础，德业与聪明才智结合在一起才是真正的聪明人。辩主要是指辩术，侧重于手段。特别是现在"鬼谷子""厚黑学"盛行，把里面的诡辩之术奉为经典，为了成功不择手段，这就像中国古代有种兵器叫双钩，两头都能伤人，若不是高手，用起来很容易伤到自己，用阴谋手段看似能取得一时的成功，终归不能长久，正如马丁路德所说，不择手段的目的是为了完成最高道德，不然最后还是要还到自己身上。

"勇"与"力"也是同样，勇敢的人力气不见得大，在该勇敢的时候能站出来，不使蛮力叫勇。中国的习武之人常常讲出拳要有劲道，并不是用蛮力，古代比武也不设重量级，经常有看似瘦弱之人将五大三粗的大汉打败，只有"力"而无"勇"是不行的。古代许多著名的军队统帅都是文人出身，因为战争包含谋略、统筹、安抚等一整套体系，有力之人你让他冲锋陷阵也许可以做得不错，但让他根据战场形势变换战术就不行了，更别提统领数十万人马了。所以苏轼说"智、辩、勇、力"四种人往往需要人家养他，不能自立是有一定道理的。

从养士到科举

自秦始皇统一中国后焚书坑儒，养士制度失去了存在的空间。所谓乱世出英雄，"智、辩、勇、力"这些人没人养了自然要找点事做才能实现他们的价值，并且他们没人养了，什么都没有，造反成本就低，各种起义不断，社会就乱了。直到唐太宗时有了考试制度，这些人才有了好的出路。唐朝的盛世离不开考试制度的创立，在选拔人才的同时也对社会稳定做出了贡献。

同样开创盛世的康熙皇帝也深谙其中的道理。康熙刚继承皇位时，明朝灭亡的时间并不长，还有很多明朝的遗老遗少，反清复明的势力也很强，康熙皇帝除了武力镇压之外，还非常注重从文化方面入手，最重要的一件事就是设立"博学鸿儒科"。博学鸿儒科考试的门槛比科举要低，目的是网罗那些有一定知名度的大儒们出来做官，给予很高的官位，却没什么实权，利于统治。刚开始应征的人很少，大多还都保留着文人的清高，后来，地方官员纷纷举荐当地名流，拒绝应试就是公然与政府作对，况且"博学鸿儒"的名头是每个知识分子都想要的，应征者接踵而至，以至于考场都坐不下，其中就有明珠之子、诗词大家纳兰性德的好友陈维崧、严绳孙、朱彝尊、秦松龄等。值得一提的是严绳孙，此人长期醉心于书画，其祖父是明末刑部侍郎严一鹏，本无意报考，最后不得不来，在考场上以眼疾为由，仅写了一首《省耕诗》便交卷了，但康熙久闻严绳孙的名声，钦定"史局中不可无此人"，竟把他破格录取了。虽说这些前朝的大儒们最后很多都位居高官，但清朝的统治者还是把他们称为"二臣"，在骨子里还是把他们看成前朝的降臣，并把他们收录到《二臣传》中，可见并非是真心的求贤，而是下了一盘很大的"棋"。

到了清朝晚期，买官卖官风气日盛，政府机构臃肿，很多通过科举考试的人才并不能马上获得官位，往往是在家等上好几年，运气好的、有门路的等个几年或许能补个实缺，很多人等个十几年也还是候补等虚职，更有的连虚职都混不上，读书人的出路进一步被挤压。

曾国藩的成功很大程度上得益于此，不少有本领的人都进入了他的幕府里，养士制度在他这里得到了充分体现，组成了庞大的参谋机构，人数达八十多人。左宗棠、胡林翼、彭玉麟等人更是文武全才，他的学生李鸿章后来也成了中央政权的核心人物。这么庞大的一支力量自然会引起统治者的猜忌，曾国藩虽然平定太平天国立下大功，却从未进入中央核心领导层，最高实权职位也不过是两江总督、直隶总督，有幕僚劝他自立门户，曾国藩吓的把纸条直接吞进肚子里，连烧都不敢烧，并做出"百尺竿头，应后退一步"的决定，主动裁撤湘军，功成身退。虽说湘军被裁撤，但影响深远，后来的清政府的各省督抚大员中不少人都有湘军背景，左宗棠和他手下的数千湘勇为骨干，组成的军队在不被看好的情况下收复了新疆，与其说乱世出英雄倒不如说乱世让英雄有了用武之地。

"性向教育"的重要性

"学成文武艺，货与帝王家。"多数人学习本领就是为了将来能使自己学有所用，混口饭吃。自古以来，不论人的学问高低，活着的头等大事说白了就是吃饭两字，正如诗云："人间莫若修行好，世上无如吃饭难。"如此一来，依照个人的兴趣爱好加以培养的"性向教育"就沦为从属地位。

胡适先生当年被选送公费去美国留学，那时候他的家里已经没落，为了让他重振门楣，帮助复兴家业，临走时特意叮嘱他要学些开矿或者造铁路之类比较容易找工作的专业，千万不要学些没用的文学之类没饭吃的学科。

胡适先生倒也听家里的话，只是他对开矿、造铁路实在是没什么兴趣，于是就采取折中的办法，去康奈尔大学学习农学，选择农学的原因一是因为学农学不但不收学费，每月还有八十元补助，另一个原因就是中国当时百分之八十都是农民，想着学成归来势必会有用的。结果第一节课老师教他的却是洗马，美国人种地当时是用马的，不像中国自古就是用牛犁地，他还要硬着头皮学习怎样洗马，给马怎样套车。熬到了第二年终于可以有选修了，但只限于专业内，于是他选了种苹果学。每人发了一本手册，并给了一大堆苹果，让学生按照手册上的标准去定每一种苹果的学名，包括蒂有多长？花是什么颜色？果肉是酸的还是甜的？当时那些苹果在中国还没有，胡适也没见过，他的那些美国同学很多都有农场经验，对这些都很熟悉，不到半个小时就弄完了，胡适先生却辛辛苦苦地照着手册弄了两个多小时，还有一半是错的，认识到自己真不是学这个的料，于是就用清代大儒章学诚的"性之所近，力之所能"这句话，来反思自己的兴趣到底在什么地方？与自己性质相近的是什么？便按照这个标准去学了文学，才有了影响中国近百年的胡适思想。

试想，如果当初胡适依然坚持学习农学，恐怕最后只能成为一名二三流的农学家了，虽说对社会也能做出贡献，但终究比不上文学思想上的成就，那将是国家和社会的重大损失。"性向教育"的重要性不可忽视。

　　乔布斯在 17 岁刚上大学不久，就发觉将父母几乎所有的积蓄花在学费上有所不值，于是决定退学，但他并没有离开大学校园，而是去旁听了他感兴趣的美术字课程，当时他自己也不知道学这些有什么实际的应用价值，只是出于自身的喜好。十年之后，当乔布斯设计第一台 Macintosh 电脑的时候，他将所学的美术字体设计应用到电脑中，于是 Macintosh 电脑成为第一台使用漂亮印刷字体的电脑。如果乔布斯当初没有遵循自己的兴趣去学习看似无用的美术字课程，Macintosh 电脑可能就不会有丰富多彩的字体了。

　　乔布斯的例子证明，大学教育更多的是一种学习氛围的熏陶，就学习而言也更多的是"功夫在诗外"，人生是一个不断选择的过程，不是自己的兴趣所在，即使很努力也不一定能达到预期的效果，是自己的兴趣常能事半功倍。并且，现代社会各个不同学科之间的融合越来越紧密，跨学科发展成为时代的主流，做自己喜欢的事情还能迫使自己学习之前不喜欢的知识结构来补齐短板，这正是"性之所近，力之所能"。

　　社会需要各种科学家和工程师，同时也需要诗人、戏剧家、小说家、电影从业者等专业人士，更需要思想家、哲学家来对多方面的知识和事物进行全面的统揽。随着社会科技飞速发展，实用性技能需求量不断增加，文化却越来越衰落，在世界范围内都是如此。

欧洲自启蒙运动和工业革命以来，提出了所谓的现代核心价值，即追求物质财富，叛逆传统文化。为了提倡自由、理性、自我、求新等观念，认为理性、科学知识可以代替信仰，用自我个性可以解放人的精神，在这种观念下，人们只注重物质财富，追求高效率却失去了目的，误以为刺激可以弥补精神空虚，于是过剩的精力就通过刺激性的游戏发泄掉，由最初的视觉刺激、听觉刺激、触觉刺激，逐步上升为毒品刺激和性刺激，导致了西方现代社会信念体系、价值体系的崩溃，也使人性发生了改变。

　　历史的经验证明，当物质文明发展到一定程度，过了飞速发展繁荣期以后，就会出现各种各样的社会问题，文化会再次受到重视。现代社会各学科之间融合的愈发紧密，人才的需求也趋于多样化、复合化，"性向教育"显得更加重要。

　　人生是一个不断选择、修正的过程，只有选择自身的兴趣所在才能使自己的才能得以充分发挥，实现真正的人生价值。

相由心变

晚清中兴名臣曾国藩相传有十三套学问，现在流传下来的只有两套，一套是《曾国藩家书》，另一套是曾国藩有关看相的学问叫《冰鉴》。

这部书中除了讲述五官、骨相、肤色、声音等基本的看相理论，又与其他的相书有所不同。曾国藩说过"功名看器宇"，意思就是一个人有没有功名，要看他的风度。这源于中国传统的另外一套看相的方法叫"神相"或"心相"。"有心无相，相由心变"，一个人的思想转变了，整个形态也就随之跟着转变了。

时代、环境的不同也会造就不同的面庞。虽说曾国藩深谙"相术"，看人、识人更是第一等的高手，可他自己觐见慈禧太后时却从不敢与其对视，谈完话后还经常出一身冷汗，足见慈禧太后"相"之威严。

曾为曾国藩学生的李鸿章在做人、为官方面都要比自己的老师圆通许多，深得慈禧太后信任。他的照片给人一种深不可测、在官场浸淫已久的感觉。照片上那每一条皱纹，似乎都代表着一个个权谋和故事，隐含着他替清政府背负骂名，忍辱负重的苦衷。李鸿章复杂的面庞是晚清惨烈的政治斗争下的产物，充满了纠结与矛盾，具有很强的可读性。相比之下，同为晚晴重臣的两广总督叶名琛的面庞就麻木了许多。

在第二次鸦片战争中，叶名琛"不战、不和、不守、不死、不降、不走"，被称为"六不"总督，英军攻入广州后，将他囚禁在无畏号军舰中。叶名琛误以为英国人会将他送往英国，还打算与英国君主理论一番，没想到竟被送到了印度的加尔各答，锁在玻璃房里，生无可恋，面如死灰，如同动物一般任人参观。在吃完从中国带的粮食后，效仿伯夷叔齐，不食"周粟"，绝食而死，保留了最后的民族气节。

民国时期的军阀，虽然整体名声不好，但他们并非各个都存心做坏事，也不都是些粗人。例如，吴佩孚就是秀才出身，喜欢作诗，单看照片很难将他与军阀联系起来。孙传芳和程潜都是清末政府经过挑选派到日本士官学校的留学生，颇有几分文人气质。由于孙传芳常在老师面前打小报告，他与程潜二人却素来不和，还曾被程潜痛揍。回国后，孙传芳将个人野心和他所想象的救国救民宗旨相结合，极力推行"联省自治"，程潜又主动率领北伐军征讨，最终占领南京。一向不爱照相的程潜破例穿长衫在城楼上拍照，丝毫看不出是指挥过千军万马的战将，大有一扫数十年恩怨后的快感。民国这个特殊历史阶段造就了一批性格复杂、内心矛盾又充满悲剧色彩的军阀，其面庞具有时代独有的特征。

视死如归面庞更加让人震撼。抗日名将张自忠在戎装照中腰杆笔挺，目光坚定，不怒自威。枣宜会战中，身为三十三集团军总司令的张自忠亲自率部抗击日军，被日军围困，最终壮烈牺牲。

在《日本陆军兵变史》中详细记载了张自忠将军牺牲时的场景：

第四分队的藤冈一等兵，端着刺刀像敌方最高指挥官模样的大身材军官冲去，当冲到距其不到三米远时，藤冈一等兵从他射来的眼光中，感到有一种说不出的威严，竟不由自主愣在了原地。这时，背后响起了枪声。第三中队长堂野君射出了一颗子弹，命中了这个军官的头部，他脸上微微出现了难受的表情。与此同时，藤冈一等兵像是被枪声警醒，也狠起心来，倾全身之力，举起刺刀，向高大的身躯深深扎去。在这一刺之下，这个高大的身躯再也支持不住，像山体倒塌似地轰然倒地。

没有人知道张自忠将军在生命的最后时刻，怒视藤冈的表情是什么样的，这个表情汇聚了太多的东西，任何语言来描述都显得苍白。正如张自忠将军生前亲笔昭告各部队："国家到了如此地步，除我等为其死，毫无其他办法，只要我等能本此决心，我们国家及我五千年历史之民族，决不至亡于区区三岛倭奴之手。"张自忠将军视死如归的精神，必然汇聚成视死如归的表情，就连当时的苏联军事顾问也感叹："中国只有一个张自忠，要有十个张自忠，中国寸土不会丢。"

还有一种如今已经很难见到的面庞，就是陈丹青先生所说的"前消费时代的脸"。这种面庞在朝鲜还能见得到，由于朝鲜目前还没进入过快速消费主义时代，人们的脸上看不到太多的物质欲望，给人一种清澈、淳朴、干净的感觉。现今我国许多人的脸上都被各种欲望、功利心、相互防备的面庞所取代，各阶层都对自己的现状不满意，要求越来越高，欲望越来越大，满脸苦相的面庞也就越来越多，这是消费主义时代带来的必然结果。

消费主义的到来必然会导致两极分化，也使短期内暴富的概率大大增加，甚至将钱同贵族画上等号。中国以前是有贵族的，真正的贵族有着一整套的生活方式和礼节修养。就拿民国四大公子之首的袁世凯次子袁克文来说，出身名门，从小聪慧过人，六岁识字，七岁读经史，十岁就会写文章，十五岁已粗通诗词歌赋，除擅长书法、写诗、填词、写文章、收藏。他还爱唱昆曲，小生，丑角都扮演得很好，拿手好戏是《长生殿》《游园惊梦》，称得上全才。袁克文喜欢去吃花酒，对青楼女子出手阔绰，再加上他面容清秀，深得青楼女子的喜爱。据传，他当有旁人在时，从未对所喜爱妓女动手动脚，均如普通朋友一样，不露半点轻薄之态，真正做到了孔子所说的"发乎情，止乎礼"的境界。问及缘由，他说："对妓可腻可狎，但只可于二人放荡，在人前猴急，即涉于下流矣。"此乃真名士风度，实在让人敬佩。在他去世后有一千多名青楼女子单独组成方阵为他送行，可谓是旷世奇观。真正贵族的气质是由内而外的，最终会自然的反应在面相和风度上。

在西方历史上，贵族同样也不仅仅是阶级和门第出身，经过世代传承，身体里有着本能的与出身相符的教养和风度。法国大革命时，许多贵族被送上了断头台，路易十六的妻子玛丽皇后临刑前，不小心踩了刽子手的脚，立即向这位将要对她执行死刑的刽子手道歉，在她眼中每个人都是平等的，值得尊重的，然后从容地被这个刽子手绞死了，这才是骨子里的高贵，无论如何也装不出来的。

　　"有心无相，相由心变。有相无心，相随心转。"譬如，有人说印堂窄的人度量小，其中的缘由是因为有的人遇到不如意的事就爱皱眉头，慢慢的印堂肌肉就收缩了，印堂变窄就是理所当然的了。可见保持心态平和对面相的改善大有益处，精神上的高贵才能使人散发出由内而外的光芒，由此可知修身养性比整容更重要。

胡雪岩的启示

俗话说"从政读《曾国藩》，从商读《胡雪岩》"。在九十年代初下海经商的人们几乎人手一本《胡雪岩》，"心有一省，就有一省之生意；心有全国，就有全国之生意"。这句话经常是经商者的励志名言，胡雪岩成为了名副其实的"励志哥"。

"一千个读者就有一千个哈姆雷特"。每个人读《胡雪岩》的目的、感悟都不尽相同，大多数人还是希望通过了解胡雪岩的成功来学习经商之道。每个人都渴望成功，但人们往往忽视了胡雪岩最后走向没落所带给我们的启示。

《道德经》中讲"持而盈之，不如其已；揣而锐之，不可长保。金玉满堂，莫之能守；富贵而骄，自遗其咎。功成身退，天之道"。大概意思就是告诫人们要学会知足常乐，如果无限制的扩展欲望，在满足中还要追求进一步的盈裕，必然会带来无限的苦果，最后终归得不偿失。佛学中"崇高必致堕落，积聚必有消散。缘会终须别离，有命咸归于死"。也说明了同样的道理。可惜胡雪岩并非读书人，也未能透彻了解陶朱公三聚三散的哲学艺术，最后想要守住已有的利益而不可得，商业帝国的坍塌不可避免。

胡雪岩有着过人的经商天赋，从当钱庄的学徒起就进行了人生第一笔也是最具战略眼光的投资——王有龄，资助其在官场上一步步的高升。此后在王有龄的帮助下开钱庄、当铺、缫丝厂、药铺等生意。王有龄自杀殉国后又投靠左宗棠，成为左宗棠的得力助手，不仅帮助左宗棠筹备粮饷，还做起了军火生意，为左宗棠收复新疆立下大功，自己也官至二品大员，成了亦官亦商的"红顶商人"。

事业的成功免不了会带来欲望的膨胀。孔子曰："饮食男女，人之大欲存焉。"孔子认为吃饭和男女问题都是人本能的生理需求，但也要讲究度。胡雪岩娶了十二位姨太太，在她们身上挥霍掉大量的金钱，他还为这些姨太太建造了休憩场所——娇楼，使她们分室而居，而他则像皇帝一样，每晚随手招妾入寝，生活极其奢靡，单是娇楼，就极其奢华，耗资数万。据说该楼金碧辉煌，四周风景秀丽，又以人工西湖蓬莱仙阁等景点巧妙地点缀，更是令观者目不暇接、心旷神怡。自此，胡雪岩便整日泡在娇楼之中，沉溺于温柔女儿乡，正如汪康年在《庄谐选录》中所写：杭人胡某，富坷封君，为近今数十年所罕见。而荒淫奢侈，迹迥寻常所有，后卒以是致败。胡雪岩荒淫而奢靡的生活习性，与他最终的失败有着密切的关系。

胡雪岩虽说自己挥金如土，生活奢华，却也关心民间疾苦，每年都会办粥厂救济穷人。特别是胡雪岩的母亲信奉佛教，认为布施可以减轻罪过，抵消灾难，力劝胡雪岩增加免费粥厂的规模，多布施。但是大乘佛教里的布施分为三种：一种为外布施，即以财物身命等做布施，又名财布施，以知识学问智慧等作为布施，为法布施；二为内布施，使自己内心放下一切贪欲的心；三为无谓布施，就是给一切众生以平安、安全、无恐怖、精神上的支持与保障。真正的布施就是能够舍，舍去自己所不舍的，是一种真正的自我牺牲。钱财只是一方面，还有把一切习气都要舍掉，改变，丢掉，才可能把人生转化。要想真正达到避祸、消灾、积福的目的必须还要结合小乘佛教里讲的戒、定、慧的自我修行，光靠施粥和财布施显然是无法避祸的。

　　胡雪岩最终失败的另一个重要原因——政治斗争的牺牲品。左宗棠和李鸿章虽然都出自湘军，但两人政见不和由来已久，著名的"疆防"与"海防"之争使两人的矛盾更加升级。李鸿章认为洋人几次都是从海上打过来的，必须加强海军建设，财政也要向海军倾斜，巩固海防，积极打造以原淮军骨干为主的海防部队和北洋舰队，使其成为自己的私有财产和政治资本。左宗棠一直深受林则徐的影响，尤其是林则徐被流放新疆时写的见闻感悟，使他对新疆有了更为深刻的了解认识，认为新疆地域辽阔，物产丰富，老祖宗的土地不能丢，且收复新疆能够稳固包括外蒙古在内的整个西北地区，战略意义重大，海防虽然重要却动摇不了国之根本。最后朝廷因国库空虚没有足够的军费，决定让左宗棠自招兵马，自筹粮饷。左宗棠武将出身，素来不懂经营，筹备军饷粮草之事只能依靠胡雪岩，连先进的外国武器都需要通过胡雪岩进口，胡雪岩自然成了左宗棠的"大管家"，收复新疆功不可没。左宗棠也因收复新疆战功卓著升任军机大臣，掌握中央实权，再加上左宗棠性格一向耿直，情商不高，言语间经常得罪人，引起李鸿章等许多朝中大臣的不满，但无奈左宗棠战功显赫，只能先剪其羽翼，胡雪岩自然成为开刀的主要对象，最后的失败不可避免。

　　政治斗争看似是胡雪岩最后失败的主因，却并不是根本。富贵易使人娇，得意容易忘形是人类心理的通病。"揣而梲之，不可长保，金玉满堂，莫之能守"。人们常常嘲笑某些有钱人"铁公鸡"，其实能守财实为不易，自古就有"创业难，守成不易""一家富贵千家怨，半世功名百世愆"等千古名训。每个人在社会上生活都不可避免地会给别人带来麻烦，侵犯他人利益必然会获得相应的果报。

　　所谓"积善之家必有余庆，积不善之家必有余殃"，如果持富而骄，因贵而傲，终会招致恶果，古今中外的例子数不胜举，今天的人们还在不断地重复。花开花谢，夜出昼没，寒来暑往都是皆有定数的自然规律，也符合老子说的"功遂、身退"的正常现象，古今中外能成功做到"功成、名遂、身退"的人屈指可数，但如果能做到"持盈保泰"，懂得"揣而梲之，不可长保"的道理已经是幸事了。

民国画家趣事有感

　　清末民初是中国历史上最为特殊的一段时期。鸦片战争后，西方的科技、文化、宗教、政治体制等逐渐传入中国，中西文化开始交流融合，许多从小受中国传统教育的优秀学生，被政府派往西方或近邻日本学习各种知识技能，于是产生了一批身上既有传统文人的影子，又深受西方文化影响的精英知识分子阶层，当时的画坛也亦受此影响，涌现出不少学贯中西，个性鲜明的画家。

　　篆刻名家陈巨来先生晚年写了本《安持人物琐忆》的回忆录，详细记载了许多他所接触过的民国名人趣事，既有传奇才女陆小曼、又有国民党军政要员程潜、杨虎等，更少不了在同一个圈子中的书画名家，其中就有"南张北溥"之称的张大千、溥儒。

　　张大千家中排行第八，早年曾留学日本，不过学的却是印染技术，他的绘画是跟其二哥张善孖所学。张善孖卒业于日本东京美术学院，与张大千年龄相差十七岁，从小对张大千管教甚严，犹如其父，受此影响，张大千的绘画中有些日本绘画的风格。

张大千画风在一九四四年后与之前有了很大改变。早期张大千学石涛，属文人画系统，后来他发现中国传统绘画中比如上色等技巧在文人画盛行后就不见了，因而他在一九四零年至一九四四年之间，长住敦煌临摹壁画，所用石绿、石青、朱砂等颜料五百斤以上，均由民国政府专机运送。他先让学生用薄纸站在高架子上细笔勾，然后取下用刻碑帖的方法，在纸背面重勾后拍到巨布上，张大千再亲自对壁画临摹，大约共有一二百幅。隋、唐、五代的人物、树木、山石、花卉等都被其悉心临摹，以至于后来他所仿古画达到以假乱真的程度。

　　张大千尤善伪造八大山人、石涛等人的画作。一次，上海有位姓程的富豪以六千元买到八大山人花卉四幅，其中有枝荷花，枝梗长达八尺左右，一笔到底。程老板知道张大千善于造假，但对此四幅画为真迹深信不疑，根本不相信张大千能有如此功力。程老板去世后，有人问及此事，张大千大笑云："将纸放于长桌上，吾边走边画也。"程老板所收藏的数百幅古画十之六七都出自张大千一人之手，到死都不知道，成了名副其实的冤大头。

　　张大千还曾临摹过名画《韩熙载夜宴图》。苏军出兵东北时，溥仪从吉林出逃，所藏古物流散许多，张大千得知后便携带卖画所得金条前去收购。张大千以二十个金条购得《韩熙载夜宴图》，回到上海后众人争相前来观看，待宾客散去后，张大千又拿出一幅同样的画给陈巨来观看，笑曰："前出示者乃副本也，此方为真迹也。"并告知曰："伪者少了一小段，真者隔水绫上多一段年羹尧亲笔提拔。"除此之外，张大千所仿的《韩熙载夜宴图》与真迹无异，行家也很难分辨。

张大千性情豪放，常有倒画的估人、掮客请其鉴定画作真伪，张大千对他们都非常客气。一日，有位估人拿了幅题款为溥儒、张大千合作的小卷请张大千鉴定真伪，张大千看后笑曰："这是溥先生的笔，但吾没有一笔也。"当时溥儒的画价远不及张大千，这估人后悔的快要哭了，张大千见状立即拿笔在此小卷上加了许多，又重新题了款，对估人曰："这总真正合作了，你可称心了罢。"张大千从不轻视劳动人民，对地位不高的估人也是如此，估人掮客均愿为其奔走效劳。

与张大千齐名的溥儒就清高许多，这同他的出身有关。溥儒，字心畲，号西山逸士，其家世显赫，为道光皇帝曾孙、恭亲王奕䜣之孙。少年时曾留学德国，恭亲王所藏历朝历代精品字画均传于溥儒专心研究学习。学画最重要的就是观看临摹名家真迹，只有真迹才能看出名家的笔法、色彩的精妙所在，复制品是无论如何都替代不了的，当代的知名画家多出自大城市，原因就是大城市博物馆多，画展多，见到名家真迹学习的机会就多，溥儒能成为一代大家并不是偶然。

溥儒从小在王府长大，见过世面，进入民国时期也属前清贵族，为人自然有些高傲，不太善于人情世故。有一日，篆刻名家王福庵的弟子顿立夫向其赠印二方，当时陈巨来也在场，溥儒瞥了一眼便交给陈巨来，笑曰："正缺石头，请你刻吧。"陈巨来委婉劝说："这刻得很好，可留用也。"溥儒曰："你不磨，吾磨。"说完便去砚砖上磨去了，顿立夫见状立刻起身离去，溥儒仍若无其事。虽然清朝已灭亡多时，但他前清的贵族范依然没有改变，其为人真诚坦率，丝毫不做作，也因此得罪了不少人。

溥儒每日均作画，大多都是随性而画的小品，并且经常让其妾或学生帮他随意填色，精品极少示于人，每有自己得意的作品总是留下了自娱，概不出售，因而他的画价低于同时期的张大千。笔者曾有幸见过其习作，寥寥数笔却尽显功力，远非当代画家所能及，就连张大千也对溥儒深感敬佩。然而，现今他的小品画作拍卖价格时常还不及省级画院的当代画家，皆因其不肯流于世俗的缘故。

新中国成立后，溥儒曾被邀请回京担任故宫博物院副院长一职，他却拒不接受，只愿当一名普通的大学助教，副教授都不干。当时徐悲鸿已成为国内绘画界的权威，溥儒内心对徐悲鸿的画并不认同，担心被穿小鞋，遂由北上改为南下，后居于台湾，仍不肯为官，落魄而终。

溥儒不认同徐悲鸿是有原因的。十九世纪末，欧洲绘画开始发生了巨变，印象派替代了先前的传统绘画，后来立体主义、野兽派、超现实主义等这些现代艺术又终结了印象派，欧洲绘画进入了多元化的繁荣发展时期。刘海粟、林风眠出国留学后接触到了现代主义，推崇塞尚、梵高、毕加索，徐悲鸿留法后更喜欢古典写实主义，对印象派和现代主义不感兴趣。建国后，各方面都向苏联学习，绘画也不例外，苏联当时的绘画仍以写实为主，徐悲鸿推崇的写实主义必然成为了主流，现代主义遭到批判，直到改革开放后，现代主义才再次被人们重新认识。

由于当时徐悲鸿在政治上的绝对正确，他留法回来所建立的写实主义绘画教学体系成了权威，素描是绘画的基础必修课，现在依然如此，想上大学里的国画专业仍然要考素描，国画好的人如果不会素描反而上不了国画专业。潘天寿在这种教学体系设立之初就曾表达过明确的反对意见，认为中国的传统绘画跟素描没有太大的关系，尤其是文人画，讲究"心境"，追求人与自然的和谐统一，不能一切绘画都以素描为基础，可惜其反对的结果就是很快被"打倒"。溥儒内心想必也是同样如此，故而一直看不上徐悲鸿的画。

以溥儒为代表的清末民初画家，可以说是中国最后一批文人画家。现今文人画消亡了，从小受传统文化熏陶成长起来，自身有着较高修养，特点突出的画家不见了，大家都是在同一个环境体系里成长起来的，趋于同化，像民国时期非常有趣的上层文人如今也难以见到，他们是中西文化剧烈碰撞下特殊时期的产物，具有多面性，故而创作出不少经得起时间检验的艺术精品。

如今为了高考应试美术，所有人都去学素描，目的是先上了大学再说，然后是就业问题，至于艺术只有往后靠了，学绘画的功利心太强，绘画变成了上大学的考试工具，所有人都要按照考试要求刻成一个模子，就是有兴趣和激情也被磨得差不多了，结果学艺术的人越来越多，城市里设计建造的东西反而越来越难看，最后直接山寨，几乎每个城市里都有街区、建筑风格向欧洲看齐，名字西化，城市弄得不中不洋，没有自己的风格，这既有我们长期以来只重技术忽视美学教育的原因，也与国内长期以来对西方美术史论研究重视程度不够有关。

西方美术从中世纪绘画、文艺复兴时期绘画，到后来的印象派、现代主义，每个时期绘画的风格特点都不同。清末民初国门打开后，留学生出国见识到了西方绘画，可惜由于空间和时间的错位，他们看到的东西是断代的。毕加索和鲁迅同年出生，与张大千处于一个年代，当时西方现代主义正处于发展时期，整个西方美术史的链条并不完善，这批留学生回国后，于是就分为写实主义和现代主义美术两大阵营，写实主义长期占据上风。直到改革开放后，塞尚、杜尚、马蒂斯、毕加索等人作品进入国内，重新逐渐被人们认识，只是毕加索的画大众很难看懂，就是学美术的很多人同样看不明白，因为我们从小接受的是写实教育，以像与不像作为绘画好坏的判定标准，与西方现代主义美术脱节了，产生了时差。

毕加索十几岁就能将古典主义绘画画的非常好，却用一辈子的时间画孩童眼中的世界，他颠覆了人们对美的常规概念，画的是孩子的世界同样是他自己内心的世界。写实主义对客观物体描绘的再真实也比不上现代影像技术，对客观事物的主观情感表达，才是绘画的不可替代性，西方绘画直到印象主义出现才有所转变，中国传统的文人画早就意识到了这一点。南朝谢赫所提倡的"六法"中排在首位的就是"气韵生动"，"气"实际上是画家的"内心积淀层"，重视画家自身的主观感受，拆解客观形象，比毕加索还早了一千多年，中西绘画本质上是相通的。

画家的精神境界决定了作品的质量，张大千、溥儒、杜尚、毕加索等等，世界上著名的画家哪个不是个性鲜明且具有人格魅力的呢？无论中外，有趣的画家才能创造出有趣的作品，其作品才能经得起时间检验，成为不可替代的经典。

谁的青春不痛苦

提起有关青春的诗歌，素来以赞美者居多，因为青春代表着梦想、激情以及对未来的憧憬，当年老回想往事的时候，可能最美好的就是这段时光，但同时也少不了对青春的一些悔恨，痛苦与快乐并存也许才是青春永恒的主题。

在《论语》中有一段孔子对自己一生的概括："吾十有五而志于学，三十而立，四十而不惑，五十知天命，六十而耳顺，七十而从心所欲，不逾矩。"这段话虽然是孔子对自身的总结，但却成为了后世人们一直以来争先效仿的标准，尤其是"三十而立"这句话经常在人们嘴边提起，现在的意思说通俗点大概就是，到了三十岁就要成家立业、各方面都能独立了。其实按照古代的解释"立"是不动的意思，从十五岁开始学习，经过十五年的人生历练，到了三十岁做人做事包括处事的道理都不变了，用现在的话讲就是人生观、价值观都已经确定了，但有时候还会有摇摆的现象，于是"四十而不惑"，到了四十岁才能达到不怀疑的程度。

如今是科技、信息高速发展的时代，人们所接触的事物和信息瞬息万变，思想也不断被各种思潮影响变化着，按照古人所讲的"立"的标准多数人可能都很难达到。现在的"三十而立"中的"立"多做独立、建立的意思解释，即使这样，想三十而立也并非易事。

结伴去远游，组织建立诗社探讨诗歌，共同去创业等等这些离年轻人越来越远，假如手里闲钱，多数年轻人会宁愿成为房奴也不会选择冒着很大的风险去创业。沉重的现实压力逐渐消磨了人们的激情与梦想，年纪轻轻却暮气日盛已成为当代青年的通病。

每代人的青春都有着不同的痛苦。历史的经验告诉我们，其实不论身处的时代如何，每个人一生获得的痛苦与快乐大致上是等量的，有的人是前半生受苦，后半生享福，反之亦是同样的道理，人生的每次经历都是种财富，青年时期痛苦的历练正是厚积而薄发的必经阶段。

战国时期著名的纵横家苏秦初出茅庐时，意气风发，满怀信心的到秦国见秦惠王，提出了他对天下事的整套构想和计划，希望能受到重用，结果他的计划被秦惠王否决了，待在秦国也没人理，带出来的钱财也都用完了，到了"美人卖笑千金易，壮士穷途一饭难"的境地，只好收拾行囊灰头土脸的回到家乡。

苏秦的妻子当时正在织布，看到他回来也不站起来迎接，依然在忙手中的活，他的嫂嫂也不问他吃过饭没，更不会给他做饭了，父母见了苏秦当时的样子，一句话也不和他讲，道出了千古人情的嘴脸。于是苏秦就闭门苦读，仔细研究姜太公所著的《阴符经》等谋略之学，经过苦读苏秦终于找到了游说各国的方法。鼎盛时期同时佩六国印，地位不亚于各国诸侯，就连当时名义上的中央天子周显王，知道他还乡也专门为他清理道路并派出特使迎接。他的兄弟、妻子、嫂子都不敢拿正眼看他，只敢低着头偷偷瞄视他，并且弯着身子半跪着等候他来吃饭。此时的苏秦做出了千古有名的感叹："此一人之身，富贵则亲戚畏惧之，贫贱则轻易之，况众人乎！"真是古之如此，今之由甚。苏秦如果在青年时第一次出门游说就获得成功的话，可能就体会不到人情冷暖，世态炎凉了，更不会有同时执掌六国印的成就。年轻时经历的苦难未必是坏事，正如"塞翁失马，焉知非福；塞翁得马，焉知非祸。"

范仲淹早年同样非常困苦，虽说出身于官宦家族，但不到两岁就只能和母亲相依为命，正如他自己所说的"起家孤平"。范仲淹祖上曾长期在吴越国为官，后来吴越国并入北宋，其父范墉跟随吴越王钱俶一起来到开封，却始终得不到重用，辗转各地最终逝于任上。失去了父亲及家族的庇护，范仲淹生活变得异常艰难，母亲谢氏改嫁了一个叫朱文翰的人，他自己也被改名为朱说。由于朱文翰微薄的俸禄养活一大家子人着实困难，范仲淹读书时生活穷困，每天只能取两升粟米煮成粥放凉，划分成四块，早晚各吃两块当主食。当他得知自己原来是范家的孩子时，只给母亲留下一句十年后登科迎亲的约定，就毅然离家前往应天书院。在应天书院的五年中，范仲淹依旧饮食朴素，整日努力钻研学问，连衣带都从未解过，终于在二十七岁时中进士。

范仲淹贫寒的出身，使他从小就树立起了远大的志向，求学时广泛结交佛道人物，使他的志向不仅局限于光耀门庭，有着"不为良相则为良医"的强烈责任感。少年时艰苦的求学生涯为他日后推行"庆历新政"打下了坚实的基础。

和尚出身的明太祖朱元璋，在建立明朝后，觉着"亚圣"孟子没什么了不起，就下令把孟子的牌位扔掉了。孟子"亚圣"的地位主要是王安石变法时受孟子升格运动影响，将"孔孟之道"替代了唐宋以来的"孔颜之道"，"颜"就是指孔子的得意弟子颜回，孟子的地位并不稳固。后来朱元璋在晚年读到孟子的"欲天将降大任于斯人也，必先苦其心志，劳其筋骨……"联想到自己年轻时的苦难经历，顿时佩服不已，于是又恢复了孟子"亚圣"的牌位。

孟子的这段话道尽了千百年来中国人，尤其是知识分子的人格理想，没有丝毫地宗教性精神，极大地突出了个人主体价值，以及所担负的道德责任和历史使命，成为无数有志青年困难时期的精神支柱，始终激励着人心，传颂不绝。

每个人的青春都或许有一段苦难的经历，当我们把它当成一种历练，一种财富的时候，心态自然就会平和许多。青春之所以让人难忘和回忆，正是由于痛苦与快乐、遗憾与悔恨交织的不完美性，才使得青春魅力永存。

附：

当年大学刚毕业在杭州打工时所写的一篇短文，算是对那段青春生活的纪念吧。

偶　作

毕业，辞别校舍，转故园，初待业，欲北上求职。忽一日，杭城一银行来电约考，遂前往。面试官问："为何转行？"吾答

"动画不能自养也"。少顷，竟录用之。于是仓促寻租一陋室。无床，以门板凑之。中秋时节，表哥自松江府来杭，视吾家徒四壁，甚惊。回府后寄收音机一台与吾，使工作之余，以其为伴，晚吾听之中入眠。静安。

治国先治边

中国历朝历代都把维护边疆的安全稳定作为治国的首要问题来考虑，只有消除边患，才可能为内陆地区赢得较长时期的和平发展环境，因而治国先治边。

南宋之所以常被称为弱宋，很大程度上是由于北方地区基本落入金人手中，南宋政权只能以淮河为界偏安一隅，有国无防，丧失战略缓冲地，地理位置上的先天劣势注定南宋难有大的作为。岳飞正处于这样一种不利的环境中，空有一身抱负难以施展，注定成为悲情角色。

要想弄清楚岳飞是否为民族英雄，需要先了解秦汉以来汉族同北方游牧民族（简称北族）间关系及兵制的演变。

秦汉、隋唐时期中原王朝与北族的关系

秦汉时，北族以匈奴、乌桓、鲜卑三族为主，后匈奴日益强大，屡犯边境，汉武帝遂派卫青、霍去病历时十余年驱逐匈奴于汉北，在西北设置了酒泉、武威、张掖、敦煌四郡。到汉宣帝时

匈奴内乱势衰，并对汉称臣，降为属国。到东汉时，匈奴内部分裂为南匈奴和北匈奴，南匈奴逐渐汉化迁入内地，北匈奴也败退漠北，匈奴彻底衰败，鲜卑等部族逐渐强盛。

鲜卑族中的拓跋部，原本是居住于黑龙江、嫩江流域，大兴安岭北部的游牧民族，北匈奴西迁后逐步占据原北匈奴所在的漠北地区，后建立北魏政权。到北魏太武帝拓跋焘时，灭掉北燕，继前秦苻坚后再一次将北方统一，与南方地区的刘宋政权形成对峙，南北朝分立的格局开始形成。这时鲜卑族建立的北魏政权并未把自身看作中国的一部分，南下入侵很大程度上是为了掠夺财物等利益。当时中原地区物质文化水平比北方各族发达的多，游牧民族所建立的北方政权并不具备统一整个中国的能力。

北魏孝文帝时，各地起义接连不断，社会矛盾集中爆发，从小就受汉文化影响很深的孝文帝不顾各方阻力坚决推行汉化改革，将鲜卑族的复姓改为汉族的单性，禁止说胡语穿胡服，尊孔子，鼓励鲜卑族与汉族通婚，都城南迁至洛阳等一系列的改革举措，使鲜卑族汉化，促进了民族交流融合，但也使鲜卑族失去了自身的民族精神和特点，逐渐被其他民族演变取代，消失在历史长河中。

隋唐时，北方的沙陀、吐蕃、党项、契丹等族纷纷自立，割据一方，唐中期以后不得不设立藩镇，在边境加以重兵。唐朝对北方游牧民族的政策完全不同于汉朝，汉朝是将投降或征服的北族迁入内地，逐渐汉化，同时也留下了不稳定因素，后期五胡乱华从而造成南北对峙的局面与此政策是分不开的。唐朝汲取了汉朝的经验教训，将被征服的北族依然留在原来的地方，设立都护府管理。此举虽然避免了北族杂居内地可能带来的隐患，却使唐中后期边境压力大增，藩镇势力日益强大，为安史之乱创造了有利条件。

唐朝时有个特殊的现象就是喜欢任用藩将。由于唐前期过于强大，将所有异族都视为臣属，唐太宗被称为"天可汗"，对异族并不惧怕也缺少防备，民族界限比较模糊。安禄山与史思明都具有西域和北族的血统，安禄山本姓康，其父为胡人，母为突厥人，后因其母改嫁随姓安。安、康两姓都源于西域，史思明亦是西域与突厥的混血儿，其统领下的军队剽悍，成为当时势力最为强大的藩镇。

唐朝藩镇势力及府兵制

藩镇势力之所以能够割据一方，还与唐朝实行的府兵制有很大关系。府兵制源于鲜卑兵制，早在北魏末年已经是军为军籍，民为民籍，并非是"兵农合一"或"兵牧合一"。当时鲜卑族刚汉化不久，种地显然不是他们所擅长，因而民籍多为汉人。军籍也并非实行普遍征兵制，多是由鲜卑族中的高干子弟世袭，也可称为世兵制。后期受到汉族重文轻武思想的影响，当兵的地位下降，从而引发阶级战争，拓跋氏就此亡国了。唐朝的府兵制借鉴了汉朝和鲜卑兵制的特点，将军籍与民籍分开，只有家庭条件较好且自愿当兵的，由政府挑出来，免除当兵家庭的税赋作为优待，贫困的下等居民是没资格当兵的。此外，唐朝还对汉朝"兵农合一"兵制进行了改良，将全农皆兵改为全兵皆农。唐朝时人口数量比起汉朝已经有了很大的增长，并不需要全部农民都当兵，而军人在非战时则全部为农民。所有军人都要在所驻扎的地方即"府"中种地，军队自给自足，武器由个人自备，中央并不需要开支军费维持庞大的军队。

府兵制的缺点也很突出。首先，它是源于游牧民族的落后兵制。游牧民族以骑兵为主，除了跟随军队出征成群的牛羊外，补给主要靠掠夺，在食物匮乏时只靠马奶和弓箭猎取禽兽就能支撑数周乃至数月，不存在给养辎重的后顾之忧。其次，游牧民族各部族的骑兵平时分散在各地，战时可以迅速集结在一起，没有中央军、地方军、边防军之分，省去了换防之苦，蒙古骑兵能够横扫欧亚大陆同样得益于此。唐朝的府兵则肩负宿卫和出征两项任务，各地的府兵都要到中央政府进行轮值宿卫，每个府兵宿卫期约为一年，其余时间都在本府内耕种，农闲时进行操练，边疆如果遇到战事府兵还需参战戍边。戍边本是轮换制，到后来变得越来越坏，成了长期戍边，当兵变为终身制，正如王昌龄《塞下曲》中"从来幽并客，皆向沙场老"的情形，复原回乡只能是美好的愿望。这就造成军队年龄结构不合理，况且家庭条件相对较好的人当兵在吃苦和意志力方面就差些，逃亡的情况经常出现，越来越少的人愿意当兵，战斗力可想而知。郭子仪平定安史之乱时不得不向回纥借兵，藩将受到重用，大名鼎鼎的李光弼实际上也是契丹人，不少藩镇实际上都被如沙陀等族所控制，直接造成了五代十国的混乱面。

唐朝的藩镇和兵制对后世的影响并未随着唐朝的灭亡而消失。五代十国实际上是唐代藩镇割据的延续，不能称得上是真正意义上的国家。

北宋的国防窘境与冗兵

后唐开国皇帝李存勖，后晋创建者石敬瑭、后汉开创者刘知远，他们虽为汉姓其实都是沙陀人。沙陀人曾帮助唐朝镇压黄巢起义，受到朝廷封赏，得以入主中原，割据一方。后梁被后唐灭亡后，沙陀人控制了北方大部分地区。后唐重臣石敬瑭为求自保，以割让雁门关以北幽云十六州并向契丹称臣为条件，请求契丹出兵，最终灭了后唐建立后晋，成为被人唾骂的儿皇帝。失去了幽云十六州作为国防上的天然屏障，黄河以北地区无险可守，直接暴露在北族铁骑面前。后周世宗柴荣清醒地看到了国防上的这种窘境，他采取了一个攘外安内，先南征后蜀、南唐，再北上伐辽的策略。于是周世宗趁辽穆宗昏庸大举伐辽，连克三关，只可惜周世宗此时染上重病，不久便去世，在位共六年，年仅39岁，失去了收复幽云十六州的最好时机。随后的北宋也一直想收复幽云十六州，完成真正意义上的统一大业，却无奈再也找不到好的机会，反而还间接导致了北宋的灭亡。

后周是五代中最后一朝，也是实力最强的。赵匡胤通过陈桥兵变黄袍加身，直接继承了周世宗遗留下来的遗产，在兵制上也沿袭后周制度，设立皇帝直接所有的军队即禁军，彻底废除了皇帝不能任意调遣的府兵制，将军队分为禁军和厢兵。厢兵为地方兵，禁军从地方兵中择优选拔，后来索性停止厢兵训练，重镇皆由禁军戍卫，厢兵逐渐沦为杂役，基本丧失了战斗力。宋朝兵制彻底改变了唐朝以来将领拥兵自重对中央政权产生威胁的问题，加强了皇帝对军队的绝对控制，同时也造成一些新的问题。

按照常规，战事结束后军队数量应当适量裁减，宋代的禁军数量不但没减少反而越来越多，原因就在于北方的幽云十六州还在契丹手里，北宋并未真正实现全国统一。北宋的历任皇帝都想收复幽云十六州以解决无险可守的国防难题，宋太宗两次亲征辽国都以失败告终，自己还中箭负伤，最后箭伤复发而亡。此后双方边境冲突不断，直到宋真宗时与辽国签订澶渊之盟后，宋辽边境才维持了较长时期的和平。

幽云十六州一天没有收复，北方的威胁就始终不能解除，为此宋代兵员数量不断增加。军队人数虽多，但将官为了吃空饷虚报严重，童贯手下的"河北将兵，十无一二"，校阅时都要请人替代。再加上宋太祖时创立更戍法，规定禁军要定期调防轮戍，不打仗军费开支却胜似打仗，给中央财政造成庞大的负担，从而导致国力削弱，长期受制于辽、金。

北宋与辽、金关系

北宋建立之初就面临北方契丹辽国的巨大威胁。契丹源于鲜卑宇文氏，唐太宗时就契丹所在的地方设置松漠都护府，还赐契丹酋长窟哥姓李，因此契丹不同于以往的北族，重用汉臣，受汉文化影响较深。但契丹终究是游牧民族起家，后晋被其所灭后，在中原大肆烧杀掠夺，最终被迫而返。契丹在本质上还是和其他游牧民族一样，以掠夺中原的财物为目的，对占领中原没有太大的野心。后汉高祖刘知远还是后晋部将的时候就曾进言石敬瑭，断定契丹没有大志，只可对其许以金帛即可，以免留下后患。可惜石敬瑭并未听从，不但自身所创立的后晋被契丹灭亡，也为北宋的灭亡埋下伏笔。

金朝崛起后，辽国势衰，联金灭辽或联辽抗金，成为摆在北宋朝廷中的两大战略决策。辽国与北宋双方保持了长期和平，辽国深受汉文化影响，地理位置上也能成为北宋的缓冲地带，联辽灭金实为上策，不少朝中大臣也倾向于此。可宋徽宗却一心想联金灭辽，主要目的还是为了收复幽云十六州，完成先祖未能实现的愿望，执意与金朝签订海上之盟，联合起来共同出兵辽国。正是在联金灭辽的过程中宋军节节败退，使金朝看到了北宋的虚弱，结果引狼入室，南下攻宋，造成靖康之祸，将宋徽宗、宋钦宗掳走，北宋灭亡。

金朝女真人原为黑水靺鞨，分布在东北地区以渔猎为主，隶属于契丹，完颜阿骨打统一女真各部后逐渐脱离契丹统治，建立金朝。金朝建立之初受汉文化影响较少，北宋与金朝在东北边隔着辽国，西北有西夏，地理位置上并不接壤，其社会组织仍是氏族部落联盟制，对中原地区的社会体制不甚了解。北宋都城开封被攻破后，金人与契丹最初攻占中原一样，烧杀抢掠一番后就北还了，对怎么统治中原地区既不懂也不感兴趣，索性扶植汉人傀儡政权代为治理。

金朝可以说是北族和汉族关系的转折点，在金朝以前北族多仰慕汉文化，学习各项制度，中原地区处于较高地位，靖康之变后局面彻底扭转了，汉人的地位越来越低，反而受到欺压。金人的横征暴敛激起了人民的反抗，于是北方各地义军兴起，不少义军加入了岳飞的队伍，岳家军成为北方抗金队伍中战斗力最强、影响力最大的一支劲旅。

岳家军顾名思义是以主将岳飞的姓氏命名的军队，多为民间和口头上的称呼，在官方和正是场合上是不可能以此命名的。宋太祖在建国之初，为了避免类似黄袍加身的事件再次出现，将调遣、训练、统帅三权分别隶属不同的机构，有固定禁军却无固定主帅，遇战事临时指派主帅，有时甚至还任命文臣、宦官为主将，造成将不知兵，兵不知将的局面，军纪易涣散，凝聚力差，遇到机动作战能力强的骑兵往往一触即溃。岳飞如果在此体制内，任凭本事再大也很难有所作为，好在北宋与南宋之交情况混乱，岳飞、韩世忠的军队有很大的自主性，不受官僚主义的羁绊，能以战养战，发挥出最大功用。

岳飞与宋高宗赵构

宋高宗赵构是宋徽宗赵佶的第九子，曾在金国当人质，结果表现得不卑不亢且孔武有力，金国怀疑他的皇子身份，以为是个假的，被放了回来，父兄被掳走后，他自立为帝。实际上他的帝业并没有任何合法的根据，自己无兵也无钱，更无权臣拥戴，刚登基就开始逃命，一度坐着沙船在海上沿着海岸线躲藏，狼狈之极。直到公元1132年金人北去，他才回到临安建太庙，南宋终于有了都城。

当时长江中游一带大部分为盗匪占领，南方各省也都在叛兵匪徒之手，宋高宗赵构的部队大都由这些部队改编而成，中央对军队的控制力减弱，禁军地位下降，以岳飞、张俊、刘光世、韩世忠等为主将的屯驻大军成为南宋的主要军事力量。

赵构好不容易才有了个立锥之地，自身性命和皇位才是他最为看重的，北伐收复中原失地的愿望并不强烈。岳飞却未迎合圣意，在两个问题上无疑是点了宋高宗赵构的死穴。一是岳飞有着强烈的北伐愿望，想要把宋徽宗、宋钦宗迎接回来。试想岳飞假如真的北伐成功，将先前的二位皇帝迎接回来，那么赵构自己就处于非常尴尬的位置，皇位不但难以保证，连性命可能也会受到威胁。后世的明英宗朱祁镇在土木堡兵败被瓦剌所俘，放回后成为太上皇，最终又靠手下人发动兵变成功复辟，证明了宋高宗当时的担心并非是多余的，何况他这个皇帝当的并不算名正言顺。二是岳飞妄议皇位继承人问题，犯了臣子的大忌。由于赵构先前在逃亡的过程中受到金兵追来消息的惊吓，疑似患上了性功能障碍，自小儿子不幸夭折后就再无子嗣，岳飞无疑是戳到了赵构的痛处。其他人建言也就罢了，关键是岳飞手握重兵，对其皇权专制和皇位继承的决定权产生了直接威胁，且赵构自己经历过被逼退位的事件，因而对此忌讳颇深。

南宋所处的地理位置和军事劣势使其失去了主动权，幸运的是由于南方的河流湖泊使金兵铁骑不能发挥其长处，南宋军队靠水师曾大胜金兵，有了议和的资本。岳飞的北伐思想与宋高宗的议和策略产生了强烈的冲突，势必会遭到打压。岳飞最终被害，成为议和及加强中央集权的牺牲品，宋高宗的态度起了决定性作用，以岳飞当时的军功地位和影响力单凭秦桧等人的诬告陷害是很难成功的。

岳家军是特殊时期的军事组织，军队以农民军、招降盗匪等多兵员组成，不受官僚主义的羁绊，能以战养战并自主选择兵员扩大部队，与清朝后期曾国藩的湘军有类似之处。二者都是在中央军事力量衰弱时建立起的以地方势力为主的军队，士兵对主将的依赖程度很高，湘军的各营多以主将名字命名，主将阵亡随之解散，各营的护主之风盛行。不同的是，曾国藩毕竟是文人出身，懂得进退，在湘军鼎盛时就授意左宗棠、李鸿章分别另设楚军、淮军，分散朝廷对湘军的注意力和猜忌，太平天国灭亡后随即解散湘军，很大程度上也是汲取了岳飞的教训。

岳飞是否为民族英雄

岳飞领导下的岳家军代表了汉族武装力量的最高水平，秦汉以来虽然猛将如云，却没有一支军队的军事素养和战斗力能及岳家军，即便是在岳飞被害后，岳家军的旧部及后代仍是抗金和抗蒙的重要军事力量，力保南宋政权，影响力持续时间之长只有明朝戚继光的戚家军可以与其媲美。不过戚家军虽然战斗力强悍，戚继光本人也是百年难得一遇的军事天才，却需要依附于首辅张居正，在政治情商方面高于岳飞，人格上有所不及。岳飞坚持抗金源于内心的理想抱负，为国家民族的前途着想，当朝廷连下十二道金牌议和已成定局时，依然不甘使内心屈服，连朝廷也为之惧怕，这才是其伟大之处，真正配得上英雄二字。

至于岳飞是不是民族英雄就要分开来看了。岳飞在《满江红》中把女真人称为胡虏，视其为异族，恨之入骨，将"精忠报国"作为自己的座右铭。其中的"国"更多的是指受汉文化影响的地区，具体来讲就是包括幽云十六州在内的两宋地区，中国在1840年鸦片战争以后才有了现代意义上国家的概念。金朝建国初期仍保留着游牧民族特征，尤其是统一女真各部的完颜氏，属于未被辽国同化过的"生女真"，宋徽宗、宋钦宗被俘后，在大冬天的冰天雪地下被脱去衣服，强行披上刚从活羊身上剥下的整张皮毛，受尽羞辱，死后还要被熬油，足见其蛮族性。再者，由于中国与西方有遥远的内陆和海路阻隔，地中海文明同东方文明长期未能得以直接交流，成为两大独立的体系，直到蒙古族西征后东西文化才逐渐有了交流。宋代以前的中原地区受到的主要威胁都是来自北族，处于东西文明之间的西域，虽然文明程度要远高于北族，却未进行过大规模的入侵行为，因而长期以来中原地区人们都将北族视为外族入侵者，在当时环境下岳飞被人们视为民族英雄是具有一定合理性的。

但有一个不能忽略的事实，就是金朝在南宋纳贡议和之前已经开始实行汉人的科举制度，颁布了文官品级，君主穿着中国式冕服，议和后南宋皇帝的冠服也由金人供给。金朝君主还非常敬重孔子，祭祀时亲自行礼，还封孔子第四十九世孙为公爵，已经明显汉化。

蒙古人灭金朝后，为了减弱汉化的影响，在政府中有意招募波斯人、东欧人、中亚各地人等为权臣顾问，统称为第二等的"色目人"，他们的影响力依然抵不过中华文化，此时的女真人已被划入第三等的"汉人"。到了元朝末年，大部分蒙古骑兵早已脱籍改行，军队多是虚编，宫廷的阴谋诡计与汉人相比真是有过之而无不及，可谓是清朝灭亡的预演。

女真人后裔建立起的清朝一开始就有心汉化，除了满汉之间禁止通婚之外，在法律上并没有太多的不平等，汉人和蒙古人也可以入旗籍，进入北京的第二年就恢复科举，语言文字上均被感染，还涌现出了例如纳兰性德这样的诗词大家。清朝灭亡后，满族融为五六十个民族大家庭的一员，多数都将原先以部落名称为主的姓氏改为汉姓，以现代民族融合共为一家人的角度来讲，称岳飞为民族英雄就不适合了。无论怎样，岳飞在人们心中的英雄形象是不会改变的。

浅谈河南省郏县高楼村高姓起源

对姓氏关注由来已久，翻阅一本来自郏县高楼村的家谱，使我对高姓起源兴趣颇深，缘由母亲姓高，祖籍在此地。这本家谱是 1997 年由第十六世族人高文焕，和十九世的高鸣山主持续写的，依据是一本清朝嘉庆五年，第十二世族人高三畏编辑的族谱为基础，续写了新的高姓家族史。从这里得知郏县高楼村的高姓居民是女真遗民，先祖完颜德仁（高德仁）为完颜阿骨打后裔，元末为躲避战乱从湖北枣阳迁徙到郏县，从此隐姓埋名，便指山为高改为高姓。为何选择高姓来作为这支女真人汉化的姓氏呢？我想原因恐怕不仅只是因为指高山为姓这么简单。

北方游牧少数民族有汉化姓高的传统

中国的历史可以说就是各民族间融合的历史。长久以来，北方游牧少数民族一直有改为汉姓的传统，尤其是在汉朝与匈奴和亲后，受和亲政策的影响，不少匈奴人都改为汉室的刘姓。鲜卑族与高姓颇有渊源。当鲜卑族建立的北魏政权统一北方后，积极推行汉化改革，其中重要一项就是让鲜卑人与汉人通婚，鲜卑族的复姓也改为汉族的单姓。如皇室的拓跋氏就改为象征"一"的元姓，高姓是鲜卑族是楼氏所汉化的姓氏。后来，鲜卑化的汉人高洋灭亡东魏，建立北齐政权，先后将有功的元景安等鲜卑贵族赐姓高，世代相传至今，成为河南高氏之一。

此外，鲜卑族中的慕容氏也有部分改姓高。后燕最后一位皇帝慕容云，因其祖父为高句丽旁支宗族，遂自称为高阳氏后代，于是改姓高，又名为高云，其后裔也多将复姓慕容改为高姓。通过通婚和姓氏汉化，鲜卑人原有的生活习惯慢慢地就被淡化了，变得与汉族人无异，随之逐渐被同化。

女真族到了唐朝末年，部落繁盛，逐渐形成三十个大小不一的部落。女真族和其他北方游牧民族一样多以部落的名字为姓氏，被称为"通用三十姓"。在他们取得汉地后，也不可避免地被汉化。姓氏方面"完颜氏"改姓王、"那懒氏"辽金时称"拿懒氏"，后改为高姓。值得一提的是，金太祖完颜阿骨打的母亲就是拿懒氏。

完颜德仁选择高姓的历史因素

女真人建立的金朝在被元朝灭掉以前，就已经严重汉化了。一个民族的独立性是要建立在顺应其地区自然特征的基础上，历史上北方少数民族到了汉地多次出现"水土不服"的现象，不适应汉地相对湿润的环境气候，既养不成马，放不成牛，也不会种地，各种不习惯。例如，辽太宗耶律德光灭了后晋原本打算坐拥中原，结果严重水土不服，被迫北还，不幸在归途中染病去世，为了保存尸体还被晒成肉干，下场非常凄惨。相比之下，女真人就显得聪明许多，他们在取得宋朝的领土后，深知自己短期内还没能力直接治理，就扶植刘豫建立二级傀儡政权，来维持其在汉地的统治地位，不想快速地被汉化。虽然金世宗等统治者极力禁止女真人汉化，但从根本上来讲是不可能的，因为对当时的北方游牧少数民族来讲，侵略就是他们的生产事业，征服者必然要榨取被征服民族的成果，如果一切生活还照旧，那就意味着只生产而不消费，并不现实。

中国历史上所有的汉化本质上都差不多，在吸收中原文明的同时也患上了文明病，习惯选择性学习，思想意识提高有限却把骄奢淫逸、腐败、内斗、党争学习的淋漓尽致，最终加速了其自身灭亡。元朝灭金却未能灭其种族，女真大致分成了两部分，一部分女真人被驱逐回故地，其中最优秀的部分就是建州女真。建州女真多为金帝室之后，清太祖努尔哈赤就以建州女真为基础统一女真各部，以金之口音而变写汉字，定国号为清，继而统一中国。另一部分留在汉地的女真慢慢习于汉俗，"民族意识"逐渐沦亡了，元朝将这些久习汉化的女真、契丹人通通划归为"汉人"，并以这些非蒙古游牧民族为主组成仅次于蒙古军队的"探马赤"，发挥第二层功用。不少女真贵族也都在元朝政府任职，身为金国皇室后裔的完颜德仁同样如此。

元末的汉人起义深含民族仇恨，即便是对早已汉化的女真、蒙古人依然视为"异族"，更何况完颜德仁曾被元朝政府封为忠勇侯，其内心的不安可想而知，遂带家人迁徙到郏县。这些族谱中只写到为了躲避报复和战乱，这支女真族人在郏县落脚。书中查到笔者的曾外祖父名世昌，字书义，为第十七世。

作为外来女真人后裔,要想生存定居下来首先就是要改为汉姓,完颜德仁曾为元朝高官,且深受汉文化影响,绝不可能轻易地对汉化的姓氏做出草率决定。金国灭亡后,代表皇室的"完颜"一般汉化为王姓,与鲜卑贵族汉化为元姓相似,都含有至高无上的意思,当时完颜德仁要考虑的是怎样更好地隐藏身份,这就需要另找其他汉姓替代。

完颜德仁最终为何选择高姓,笔者认为原因有三:一是北方游牧少数民族常用高姓为汉化姓氏。尤其是匈奴、鲜卑、契丹都源于东胡,女真虽说不能确定是否属于东胡,但都发源于东北地区,彼此间相互影响,有一定的历史传统;二是高姓是其先祖完颜阿骨打母亲所在的拿懒氏后来汉化的姓氏,有利于探本求源;三是高姓同"元""王"一样,暗含其女真贵族的身份。至于完颜德仁内心的真实想法早已无从知晓,受历史环境的局限性他也不便把原因直接告诉后人,有些东西注定是只可意会不可言传的,"指山为高"也许就是最好的解释,但绝非是真正的原因。

郏县高楼村作为女真遗民的后裔,不同于现存的"完颜村",其独特的历史对研究女真人的汉化过程具有重要的意义。

落木无根人有根

——追忆祖父

对祖父的记忆可以说是模糊的。从我记事起，印象中的祖父总是每天搬一把靠背竹编大椅子坐在院子门口，看着来来往往的车辆和行人，一坐就是一整天，甚少说话，无从知晓他心里在想些什么。

2012 年祖父去世，在整理遗物时，在一个陈旧的信封里发现了一篇"文革"时用稿纸写的历史思想自传，详细记述了祖父参军前的家庭状况，以及参军后经历的历次战斗战役。文章字迹清秀，应该是祖父口述，部队文书所写，祖父不平凡的一生才由此得以还原。

从戎参军

祖父樊秉虞，生于 1928 年 3 月，祖籍河南省舞阳县九街乡老樊村，十岁时在村小学读过半年书，后因生活贫困辍学，在家拾柴挖菜度日，十四岁起开始给地主干活。1945 年 7 月，地主、伪保长勾结国民党军队，从地里将祖父抓到南阳当兵，编入国民党整编 3 师三营九连，后随部队到了河北大洋湖。在此期间主要是给部队扛子弹，并未发枪，1946 年 7 月在大洋湖战斗中被解放加入中国人民解放军。

1947 年 10 月，在二野 108 团特务连加入了中国共产党。在纵队司令王近山的指挥下，参加了定陶、汤阴、挺进大别山等战斗，立功三次。1948 年 3 月，随部队出大别山，在叶县地区整训。据亲戚回忆，祖父正是趁此次在叶县整训离家近的机会，向部队请假，沿着沙澧河连夜骑马回到了阔别已久的家乡，家人才知祖父竟然还活着。

经过整军，祖父跟随部队先后参加了淮海战役、渡江战役、攻克苏州、杭州、芜湖等战役。1949 年 10 月，第二野战军发起大西南战役，祖父随部队一举攻克成都，解放了大西南，后留在成都继续剿匪一年。1950 年 10 月至 12 月，被提升为副班长、班长，1951 年 3 月提升为排长。

抗美援朝

这篇思想自传是在特殊的历史时期所写，主要内容是向党组织汇报思想变化情况，打仗的经过都是一笔带过，许多关键信息缺失。加之，可能是由于亲历过战争的残酷，祖父从不跟家人讲有关打仗的任何事情，导致今天想还原祖父，尤其是抗美援朝这段经历非常困难。经过查阅资料与思想自传中信息的比对，历时许久，终于还原了祖父在朝鲜作战时的部队番号及所参加的战斗情况。

祖父唯一一次讲述他抗美援朝的经历，还是我父亲在山东上小学时，学校邀请身为战斗英雄祖父作报告。我父亲说当时自己还小，依稀记得祖父说他们连奉命守一个山头，最后整个连只剩下三个人，能活着已经是非常幸运了。至于是哪场战役已经记不清了，父亲长期认为祖父参加的是上甘岭战役。

据祖父的思想自传记述，祖父是在1952年下半年才从河北廊坊出发入朝作战，1953年3月被提升为连长。具体战斗经过只写了在1089.6高地以南的无名高地战斗中，带领全连在友邻部队的配合下，与敌人激战七天七夜，打退了敌人成连成营的八次进攻，坚决守住了阵地，荣立二等功一次，并被授予三级战斗英雄荣誉称号。

经查资料，1089.6高地的争夺战是鱼隐山之战，属于金城战役的一部分，也是朝鲜战争的最后一战，通过争夺鱼隐山这个具有重要战略意义的阵地，重点打击李承晚军，尽快结束朝鲜战争。

令人疑惑的是，在鱼隐山1089.6高地与李承晚伪20师60团、62团、伪7师5团战斗的是志愿军33师99团，与祖父之前所在部队的番号不符。后经查资料得知，1951年1月，第12军奉命主力北调，准备参加抗美援朝作战，第108团脱离12军建制，继续留在西南剿匪，第12军参加上甘岭战役时并不包含108团。由于108团原先属于第12军建制，祖父描述的战斗经过又与上甘岭极为相似，因而家人长期将祖父参加的战斗误认为是上甘岭战役也就不足为奇了。

第108团后归建33师，改为99团。第33师在入朝前全面换装了苏式装备，作为加强独立师入朝参战，在鱼隐山战斗中，33师连续击退敌人大小反击84次，共毙、伤、俘敌3000余人。

1954 年 9 月，因 33 师是换装后的部队，武器装备较好，更能体现志愿军的精神面貌，祖父成为第一批回国首个建制师。回国后，祖父随部队先在山东栖霞休整，后转到莱阳驻防。

归国学习

1955 年 10 月，部队党组织决定送祖父到石家庄高级步兵学校学习，在 1956 年度训练中被评为一级优等射手，1958 年 12 月毕业。毕业后，被分配到 33 师教导队当队长，1959 年 4 月任 99 团一营副营长。

1962 年 6 月，祖父又被派往南京军事学院学习一年半，主要学习团营两级攻防战术指挥。1964 年 12 月，根据毛泽东主席要恢复地方武装，组建地方部队的要求，祖父被调往山东省军区独立团一营任副营长。

1965 年底，祖父被派往新疆军马场领军马。家中至今还留有一件当年祖父从新疆带回来的军大衣，这件军大衣内衬和领子都是很厚的绵羊毛，比起普通的军大衣沉许多，父亲小时候冬天总是裹着这件军大衣去上学，如今总算知道了这件军大衣出现的确切时间。

1969 年 10 月，任山东省军区独立一师一团副团长。

在这篇思想自传中，关于祖父的经历只能追溯到这里了，遗憾的是这篇自传末尾并没有注明具体的日期，只能从自传后半部分的思想汇报的一些细节中推断，这篇自传完成的日期大概在"文革"中后期的 1973 年左右。

上个世纪七十年代末，祖父转业。因长期对家乡的思念，老人家拒绝了部队的就地安置，被分配到了距祖籍舞阳县较近平顶山市交通系统工作，直至离休，党和政府给予的环境，享受地级待遇。

追忆祖父

祖父过往的经历极少与人提起，家人对其也知之甚少。若是没有这篇思想自传，祖父在我心中可能永远都是个沉默寡言，随遇而安的普通老人。

祖父一生淡泊名利，获得的军功章随意让年幼的子女们玩，以至于家中几十个军功章和纪念章至今一个也没留下。在经历残酷战争的洗礼后，祖父觉着自己能够活着已经很知足了，其他的都无所谓。

祖父离休后每天就是坐在门口，既不读书看报，也不怎么说话。我小时候父母忙，偶尔也会将我送到祖父那让他帮忙照看下，祖父仍像往常那样坐着，除了问我是否饿了、渴了之外，基本没话了。我实在无聊，就在院子里翻出一个貌似戏曲里刀马旦拿的红缨枪，如获至宝，对准院子里的大梧桐树的树皮一阵猛刺，自己能玩一整天，以至于每次去祖父那都要先找红缨枪，同祖父说的话屈指可数，也没有太深刻的记忆。

后来，祖父得了脑血栓，后遗症让他口齿不清，更加难以听懂他在说些什么。唯一不变的是，他依然每天习惯坐在门口，只是大竹椅已经换成了较为轻便的小马扎，牙齿掉光了也不愿装假牙，每天只吃熬成糊糊的粥喝。

据说人将离开人世时，脑子里会将自己一生所经历的事情如同放电影一般过一遍，祖父很可能又经历了一场场战斗，透过医院 ICU 的玻璃，能看得出他脸上的痛苦，但我知道，祖父早已做好了迎接死亡的准备。

也许，当祖父脱下军装的那刻起，已觉得自己的使命基本完成，对一切都淡然处之。2012 年 11 月 9 日 8 时，祖父安详的离开我们，终年 84 岁。

后　记

2018 年 4 月 30 日，应舞阳堂樊氏宗亲会之邀，参加舞阳"樊侯陵"全国樊氏宗亲祭祖仪式暨中国地名学会樊姓文化专业委员会成立大会，三十年来首次回到祖籍地舞阳，方知祖父的出生地老樊村，竟是西汉开国元勋樊哙嫡系后裔形成的古老村落，建村已有两千余年历史。

据传，樊哙被封为舞阳侯后，命人沿澧河寻找风水宝地，老樊村就位于县城东北 45 里，西临澧河向北拐弯处，紧邻旧时水旱码头九街镇，曾挂过两次千顷牌，有"从老樊到舞阳，牛马吃不住别人的庄稼"之说，现被命名为"河南古村落"。

据专家考证，老樊村居住着两支樊姓族人，一支是从西汉一直留守下来的樊哙后裔，占绝大部分。另一支是在东汉建武年间，樊哙第九世孙樊仁和儿子樊立本从舞阳迁居到山西洪洞樊村，明初时又从洪洞樊村迁过来的樊哙后裔。

舞阳县以樊姓命名的村庄均由老樊村迁出，如莲花镇樊庄村、保和乡樊庄等，因老樊村家谱"文革"时埋进祖坟被毁，具体线索无从查找。

樊侯陵位于今舞阳县马村乡郭庄村，原为古樊村，是自西汉初期到公元1958年两千多年间为樊侯陵守陵和服务的樊家人而形成的村落，现今已无樊姓人口居住。

樊哙的真身葬于何处，历史文献上均无明确记载。北宋著名文学家、书法家、叶县尉黄庭坚在题《樊侯庙》中曾写到："人归里社黄云墓"，道出了樊哙暮年回到封侯之地颐养天年。另据《舞阳县志》记载，樊哙墓在明嘉靖乙未年间被郭询所盗，郭询"取其藏器，散其遗骸"，县令张颖审理此案并封碑隆冢。充分证明了舞阳樊侯陵为樊哙真身墓穴，非衣冠冢或纪念冢。

落木无根人有根。人虽然不能像树木那样能够长满根系扎根土壤，但人的根是无形的，宗族血脉，文化基因的传承就是每个人的根，无论走多远都断不掉。以崇拜之心写此文来纪念我的祖父，以虔诚之心敬祝我的祖先在天国安详、靖好！

应国墓线雕玉鹰造型纹样设计中的星象观研究

摘　要　1986 年在今河南省平顶山市滍阳镇周代应国墓地 1 号墓中出土的青白玉线雕鹰被认为是族徽的标志。本文运用图像学理论方法，研究了玉鹰的造型纹样中所蕴含的星象观，探究了古人对星象文化的崇拜及思考。

关键词　应国　线雕玉鹰　天极　造型纹样　设计

周代应国墓中的玉鹰是由整块的和田玉雕刻而成，双翅微透明，作展翅飞翔状态。鹰头顶和右边翅膀有玉石天然形成的赤斑，头部与右翅之间有个圆孔，同双翅上端的两个小穿孔遥相呼应，并采用线雕的手法巧妙的勾勒出双爪和翅膀，简单的造型却有着深刻的含义。

一、线雕玉鹰与应国的关系分析

1. 线雕玉鹰在应国的地位，应国线雕玉鹰自出土以来，长期被认为是应国的氏族图腾，今河南省平顶山市也因此被称为鹰城。早在甲骨文卜辞中就有应侯朝商的记载，说明应国早在殷商时期就已存在，属于殷商的方国。周武王灭商后，改封姬姓族人于应，便于继续监视殷商顽民。

应侯曾参加成周举办的诸侯大会，位列监国，地位较高。周武王去世后，驻守在殷故都附近的管叔、蔡叔、霍叔勾结商纣王之子武庚发动"三监之乱"，身为监国的应侯布置防线，封堵敌军西进的道路，全力协助平叛，被周天子尊称为应公，以彰显其功绩。

在《左传》中可以发现，周王在分封姬姓亲属建立自己的属地时，通常会赐予适合他的城邑政治地位的仪式性徽章。古文字中"应"通"鹰"，应国墓中出土的线雕玉鹰很有可能就是这个徽章，用以表明应国在周王朝中的重要地位。

2. 先秦时期古人对鸟的崇拜，鹰作为一种图腾符号在不同文明中都有体现。古埃及人将鹰视为灵魂的飞跃，北美洲的阿兹特克人把鹰看做是诸神的信使，鹰还通常象征着王权和智慧。印第安人常将鹰与太阳相联系，这与中国古人认为的太阳与金乌鸟共生有相似之处。

在中国传统神话中，十只金乌鸟各驮着一个太阳交替循环，后羿奉尧帝之命射下其中九个太阳，其实后羿射的是金乌鸟，并非太阳本身。金乌鸟的传说早在新石器时代就已经出现，正因为如此，古人常将鸟视为太阳的象征，而候鸟也是根据太阳位置的变化来决定方向和行期，鸟被古人视为知天时的神物也就不足为怪了。

不同类型的鸟所象征的对象也不尽相同。从出土的甲骨文卜辞中可以看到，殷商人常祭鸟类来预测气候，通过祭祀不同的鸟来祈求不同的气候。例如，祭祀金乌或鸦类来祈求雨停日出，祭祀燕鹊来企盼风雨等，但却极少出现鹰之类的猛禽。

3. 应国人对鹰的崇拜，应国的属地中多为殷商遗民，殷商人对鸟尤为崇拜。孤傲、凶猛的鹰被古人单列出来，视为是天极星的守护神，更是国家和王权的象征。应国所处的地理位置对于拱卫东都洛邑至关重要，用鹰来代表应国的政治地位最为合适。鹰对于应国来讲不仅仅是单纯的氏族图腾那么简单。

二、应国线雕玉鹰体现星象观的原因

鹰独立、坚韧的性格特征备受先秦时期人们的推崇，被认为是鸟类中最具神力的代表。古人将两只鹰一起飞翔视为不祥，往往寓意着国家间的战争，鹰的这种孤独特质与天极星恰好相符。

早在新石器时期就已出现了鹰图腾的玉器。安徽凌家滩出土的猪首玉雕鹰证明早在新石器时期鹰就代表了天极。2015 年湖北天门石家河遗址出土了一件新石器时期鬼脸座双头玉鹰，其底座顶部的天盖雕饰与龙山文化中的天盖造型极为相似。底座中间两个平行对称的大圆圈表示天极，因天的本质为气，天极神同样也是主气之神，每个圆圈上下各有一条头部旋转的弧线代表了阴阳二气，环绕天极周围，表明天由气的循环构成。殷商时期的武汉盘龙城遗址，还出土了一件灰白色圆雕玉鹰形饰，鹰作昂首站立状，柱形一面刻出胸脊，一面用对称的卷云纹刻出双翼并拢状，由五根线构成，同圆柱形完美地融合在一起，形成一件造型独特的天柱玉饰。

古人对星象文化的崇拜主要因为星象的运行变化可以指导农耕，最具神秘力量，而玉石更被古人视为山之精华所在，具有沟通天地的功能，良渚文化中的玉琮实际上就表示天柱。玉琮是圆形与方形的组合，两者相套，能够连接天地，使天地之间的多层空间相互贯通，同鸟一样，都是巫师通天的一种重要法器。正因如此，在鹰形玉器中加入星象观，更能提升其神秘性，使器物具有神力，增强人们对它的信仰和崇拜，也有利于集权性统治。

三、授时星象在线雕玉鹰设计中的体现

1. 大火星在线雕玉鹰造型设计中的体现，应国墓线雕玉鹰身上共有三个小孔，鹰嘴衔右翅形成一个穿孔，双翅上端还各有两个小孔，若将这三个小孔所在的位置连接起来，就会得到一个近似于曾侯乙墓漆箱东立面的一个符号，代表二十八星宿中东方苍龙七宿中的心宿。

心宿居于龙心部位，总共由三颗星组成，又称大火星。三颗星中间的那颗星最大，曾侯乙墓漆箱东立面的火形符号将这最大的一颗星框在中间，象征龙珠。大火星在古代具有重要的授时作用，大火星的隐现意味着农耕的信号。"祝融"一词最初就是观测大火星位置的官员名称，后来演变为一位主火的天神。

古人把具有授时作用的北斗、心宿、参宿并称为"三辰"，北斗包含天极居于中宫，心宿、参宿分列东西两宫，曾侯乙墓漆箱盖面斗字居中就起到了指针的作用，其中一笔指向心宿。心宿的中间一星最大，亮度也最高，因而在曾侯乙墓漆箱东立面的火形符号中圆点最大，其他两星分列火形符两侧，圆点较小。在应国墓线雕玉鹰的三孔中，鹰嘴衔右翅居中的孔最大，双翅上端孔较小，同样与心宿三星相对应。

2. 北斗星在线雕玉鹰纹样设计中的体现，古应国的玉鹰用线雕阴刻的手法表现出翅膀和双爪，细数线条的数量，发现翅膀和双爪中间的线条数都是三条，若要完整地勾绘出翅膀和双爪的整体形象则各需要五条线。

在应国墓出土的另一件较为抽象的玉鹰配饰上可以清楚地看到翅膀由三条线构成，而在盘龙城的柱形玉雕鹰背侧，翅膀看起来是四条线，实际上它是由五条线构成，并拢的时候外侧的两根

线合在了一起，可见玉鹰身上线条的数量并不是随意表现的。

应国墓中出土的两个线雕玉鹰翅膀均由三条线组成的卷云纹表现，这个卷云纹其实就是天极的符号，三条线则代表围绕极星旋转的三颗授时主星，即北斗星斗魁中的天枢、天璇、天玑三星，极星作为不动点，围绕它做拱极运动，就是古人所谓的"璇玑"，三条线代表三星旋转运动的轨迹，不得不叹服古人的设计思维。

线雕玉鹰的翅膀和爪子整体造型都由五条线构成，因为"五"是一个非常重要的数字，象征天数，洛书符形中部均为"五"。在凌家滩玉版中，中心排列出洛书九宫图，同时还是五位图，玉版东西两侧均有五个小孔，象征"洛书"的中心五。玉版的上边缘有九个小孔，下边缘有四个小孔，寓意"太一行九宫"，"太一"即为北极神，每次出行都会循行九宫中的四宫后然后回到中宫五。① 凌家滩玉版不仅证明了极星与八角形符号、九宫之间的关系，还阐释了天数五在九宫中的运行规律。

孔子曾说"叁天两地而倚数"。所谓叁天，是说一、三、五三个天数，两地指二和四两个地数。三个天数之和恰好是九，两个地数之和恰好是六，因而爻的标记常用九和六。天数始于一而终于五，后世流行的纳甲法就是在天数与地数之和的五十五上减去一和五，恰好就是占卜所用的数字四十九。

应国墓线雕玉鹰双翅和爪子线条的数量刚好对应天数三和五，而极星也被称为"太一""天一"，一、三、五三个天数在线雕玉鹰上均有体现，再次证实了鹰与北斗星及极星的关联。

<hr/>

① 冯时. 中国天文考古学 ［M］. 北京. 中国社会科学出版社 2010. 11. 531

3. 大火星对线雕玉鹰"俏色"的影响，线雕玉鹰的头顶和右翅上保留着玉皮上自然形成的"赤斑"，在通体温润光洁的青白色玉料上巧妙的形成"俏色"，使玉鹰更显灵动。

"俏色"的玉皮颜色也是古人经过慎重选择的。在《礼记·檀弓上》中记载，夏时期的人尚黑，殷商人崇尚白色，而周代人尚赤。从甲骨文和金文中可以看出，殷商人在祭祀时以白色的牛为最佳，到了周代，祭祀就以赤色的牛为上。周代人认为红色是一种具有很强有生命力，能与祖先和神灵沟通的颜色，并且火与血液都为红色，是周人星象观的一部分。

古人崇拜火，因而将大火星用火苗的形状表示，大火星围绕天极旋转，春分和秋分两个重要节气与它的隐现密切相关，是中国古代农耕文明时期最为重要的农时指示。在新石器时期的彩陶中，有许多表示大火星同天极关系的旋转纹样，古人夜晚围绕篝火圆圈歌舞，配合彩陶上的旋转纹，制造了一种运动幻象，从而达到同神灵沟通的目的，彩陶纹样绝不是仅仅模仿自然界的云气雷电现象。商周人将这些纹样继承发展，并结合动物图形广泛应用于以玉器和青铜器为主的礼器纹样中。

应国作为西周初分封的诸侯国之一，必然崇尚赤色，极具创造力地将玉皮上的天然赤色点缀在鹰头和右翅膀，使先前人们认为的始于秦汉时期的"俏色"提前至周代。玉鹰上的赤色不仅表达了周人对红色的喜爱与崇尚，还暗含了对大火星的崇拜，更加印证了玉鹰上的三个圆孔表示大火星。

4. 大火星对线雕玉鹰设计中二分现象的影响，玉鹰左右两个翅膀中的线雕纹样为完全一样的对称图形，而石家河遗址出土的新石器时期鬼脸座双头玉鹰同为左右对称的图形组合，且时间更为久远，这种二分现象显然是古人有意为之而专门设计的。

二分现象源于"四时"的二元对应观。传说自盘古开天地后，春分、秋分、夏至和冬至四时应运而生，简称"二分二至"，即历法体系。古人通过测量夏至和冬至的日影长度不同来正南北的方位，因而四时通四方，新石器时期彩陶上神秘的"十"字就表示四时四方，二分二至分别代表东西南北四向。

因大火星可以观测春分和秋分，具有农耕授时作用，古人更看重"二分"。"二分"不仅影响各种礼器的设计，还对商周时期的政治制度产生了影响。

殷商实则为一个宗族王朝，主要以十天干命名的 10 个宗族组成。商王位的继承并不是后世王朝普遍的父子传递，而是由王室中政治力量最大的两个宗族轮流交替，这两个宗族会通过联姻的方式维持血统。在两代以内，王位由舅传甥，三代内由祖父传孙。

周代受殷商的影响，形成昭穆制度用于宗庙排序。父在左边为昭，子在右边为穆，这样一来，祖孙始终处于同一列，父子始终在对列。殷商时期政治上的二分现象必然反映在礼器中，青铜器中的饕餮纹就有不少运用了二分连续纹样，应国线雕玉鹰双翅采用对称的纹样也是受二分现象的影响，是周代昭穆制的艺术表现。

结　语

应国线雕玉鹰造型简单却构思精巧，将古人对极星、大火星等星象的崇拜融入到玉雕中，并将周代的祭祀、政治制度也囊括其中。线雕玉鹰同新石器时期的玉鹰饰品相比，其造型设计明显的简化，用线条圆圈来替代较为具象的形象，但内涵并未因此而减弱。在新媒介、自媒体日益发达的今天，标识设计也越来越趋于简洁化、抽象化，应国线雕玉鹰给传统文化的再设计指明了方向。

参考文献：

［1］冯时. 中国天文考古学［M］. 北京. 中国社会科学出版社 2010.11.

［2］张光直. 中国青铜时代［M］. 北京·生活·读书·新知三联书店 2017.9.

［3］张光直. 商文明［M］. 北京·生活·读书·新知三联书店 2019.1.

［4］（英）汪涛. 郅晓娜译. 颜色与祭祀：中国古代文化中颜涵义探幽［M］. 上海. 上海古籍出版社 2018.9.

Chapter

03

七绝诗

求阙集

文殊寺有感

雌雄古杏端门立，慧剑青莲普智传。
礼拜虔诚生敬意，浮名纸表化云烟。

游南京将军山有感

湖波潋滟池林翳，武穆伏金立塔钦。
皓魄残星萤焰照，直尝朗种过今生。

扎龙湿地观鹤有感

芦黄游水中天处，鹤影秋声冷朔停。
蓦地阊阖迎礼仗，千回百啭入仙庭。

注：阊阖，天门。百啭，百般鸣叫。

鸡冠洞有感（新韵）

石钟乳笋烛光炫，共沐神工感物奇。
慢踏玉阶连洞远，殿宫居住百仙怡。

游黄河三峡有感

遥观绿水船行尽，峭壁倾听氛扰情。
荡气九曲多辗转，原来河道亦人生。

王屋山有感

晴光紫气芳峦翠，野径苔矶恣衍攀。
仙助愚公开道路，谁能搬走内心山。

西泰山有感（新韵）

遍尝百草神农苦，造荫福泽万世恩。
客入清斋茶敬月，萌春意境隐归心。

初春游天龙山有感

枯枝暗润黄花醉，妖除金蟾盼月明。
雪迹残痕藏故事，山溪草木育真情。

萧红故居有感

孤凉苦寂呼兰传，透看人心淡寞真。
为爱灵魂寻伴侣，隔空冷眼世俗尘。

清　明

人间岁月争相促，满眼丘台亦比追。
地府鱼书何寄到，积福恶业各轮回。

注：鱼书，书信。

开封博物馆有感

七朝逸韵汴京存，河上清明羡煞人。
谨记靖康悲岁月，耕春播豆顺民心。

游镇江焦山有感

山峦裹寺清幽静，远眺千帆水雾升。
古往今来船几许？皆为负载利与名。

查济写生有感

明清古镇藏于壑，绿瓦青砖扰攘消。
小隐山林摹碧水，可知大隐在城朝？

千年菩提树有感

心斋太液得般若，共悟佛经普渡播。
见证千年悲喜事，空瞧众客口难说。

读《曾国藩家书》有感

能文善战扶清室，半案弹劾半战功。
教子敦亲传万代，一生功过后人评。

跋

　　《求阙集》即将校对出版，心中感慨良多。有人说男人 27 岁之后才会逐渐成熟，过了 30 岁，人的流体智力就会随着年龄的增长而下降。说来也怪，自己在 27 岁那年突然有了时间紧迫感，加之有许多读书感悟在脑海中萦绕，索性变成文字，积少成多，逐渐成册。

　　本书主要分为两部分，第一部分为"美学随想"，是近些年来阅读尼采、叔本华、康德、钱穆、南怀瑾等大师的作品以及其他一些美学著作得出的一些思想感悟，略偏理论。因此我在写作的时候尽可能地将专业术语通俗化，让更多没有艺术专业知识的大众读者也能够读懂。第二部分为"史海随笔"，文史不分家，艺术的发展是建立在历史环境的大背景上的。当前，我们正处于中华民族伟大复兴的新时代，更能从"大历史观"的视角对历史上所发生的事件、人物进行纵向、横向的比较研究，使"单一"的历史人物变为更加典型的"圆形"人物，还原他们本来应有的样子，才能以史为鉴，对当今生活有所感悟。

　　此书本计划两年完成，打算作为自己 30 岁的礼物。没想到这期间由于工作、考研等各种杂事的羁绊，写的断断续续，竟拖沓五年之久，着实惭愧。至于书名，思索许久，自己才疏学浅，所写文章多半是站在前人的肩膀上增添了自己的一些拙见而已，充其量算个读书笔记，不如借用曾国藩书舍的斋号"求阙"两字一用，凡事不敢奢求圆满，不足之处，还请多加批评指正。

在该书的出版过程中得到了师长、家人、朋友的倾情相助，在此要感谢著名诗人、北京东方中国诗书画院院长、书法家刘迅甫先生为本书作序；感谢原河南省城建学院校长、书法家刘尊法先生为该书题写书名；感谢诗人韩梅女士独到的建议；感谢导师陈娜女士为封面"求阙集"鸟虫书设计给予指导。高华平、李娟娟女士，高鹏程先生给予了很大的支持，同学邢春政、陈楠霞、余梦婷的友情相助，在此一并衷心感谢！

作　者

2019.11.15 于武汉